第一部　〈戦争の息子たち〉の陰謀

守川励子
太閤市
二〇一九年冬

1

守川励子《もりかわれいこ》は雨が嫌いだ。後悔の念にさいなまれた冷たく湿った夜を思い出してしまう。それでも招集を受けて太閤《たいこう》市へ来た。かつてのアメリカでシアトルと呼ばれたこの街で、〈戦争の息子たち〉の緊急集会がおこなわれるからだ。

太閤市は雨の夜ほど華やかに輝く。摩天楼はネオンにいろどられ、ブランドロゴをまばゆく明滅させる。ビルの壁面全体に映される広告は、新作の電卓ゲームやクィークエッグ

・コーヒー。そして遺伝子組み換えされた巨大マグロの養殖が成功して人気拡大中の鮨チェーン店各社だ。行きかう人々の大半は優雅な荒天用着物姿で、流行のファッションを光学的に再現するＺコートを使う人も多い。そのかたわらをオートバイが飛ぶように通過し、ヘッドライトが過去への長い尾を引く。

最新のアヌビス級メカが二機、哨戒活動をおこなっていた。都市防衛特化型で、カンザス大虐殺の教訓をもとに設計されている。励子はその大虐殺の生存者だ。ナチスの奇襲攻撃を受けたイーストカンザスのアパートメントにいて、からくも生き延びた。

思い出して身震いした。集会会場に早めに到着してよかった。あの日の記憶が蘇らないうちに、ほかの参列者とともに作法どおりの禊《みそぎ》をした。手足を洗い清め、清浄な服に着替えて、能面をつける。面にはマイクがしこまれ、音声認識で装着者の確認をする。身許を詐称していると、即座に内面の触覚プローブが針に変わって詐称者を殺す。目の穴が閉じられ、そのまま何粁《キロ》も離れた秘密の会場へ移動させられた。目的地ではふたたび金属探知ゲートをくぐり、全身をくまなく調べられた。

廊下は行灯《あんどん》で照らされている。スリッパを脱ぎ、畳敷きの大講堂にはいった。

参列者は励子をふくめて四十七人。全員が能面をつけている。日本古来のこの面は皇国の版図《はんと》拡大とともに種類が増え、参列者は出身地域ごとに異なるさまざまな面をつけている。〈戦争の息子たち〉の集会は通常四十七人のグループでおこなわれるが、全体の会員数はその五十倍以上にのぼる。

　励子は女《おんな》面をかぶっていた。まわりには不気味な怨霊《おんりょう》面をかぶった者も何人かいる。その一人はバークリー陸軍士官学校《BEMA》時代からの友人、嶽見《たけみ》ダニエラだ。励子が〈戦争の息子たち〉に加入したのはダニエラに誘われたのがきっかけだった。カンザスシティでナチスの攻撃を受けたときのルームメイトでもある。

「いい面ね」

　ダニエラから言われて、励子は答えた。

「そっちのは不気味」

「魑魅魍魎を味方につける必要があるから」

「敵をおびえさせるため？」

「それ以上の効果を期待してる」

　次に励子はジョージ・ワシントンの面をつけた参列者に注目した。白髪のかつらに昔のコロニアルハットをかぶっている。かつて猛威をふるったジョージ・ワシントン《GW》団は、現在〈戦争の息子たち〉を率いる山崗騰《やまおかのぼる》将軍が数十年前にアーバイン陥穽《かんせい》で殲滅《せんめつ》した。その面をこの集会につけてくるのは奇妙だ。特別な意味があるのだろうか。おそらくそうだろう。このような儀式は大仰で芝居がかっているものだ。

励子の視線に気づいたダニエラが言った。

「なにあれ。厳罰ものよ」

励子は顔をしかめた。ダニエラは続けた。

「まあ、あまり緊張しないで。今夜は待ち望んだ日なんだから」

「そうね」

励子は自分の機械の腕を見下ろした。遺伝子操作された皮膚におおわれ、ほぼ自然に見える。指を曲げ伸ばしした。

「カンザスから長かったわ」

「長すぎた。でもそれも今日まで」

しかし励子は確信がなかった。

集会は家康《いえやす》讃歌の唱和からはじまった。徳川家の初代将軍は長い戦乱を終わらせ、日本本土に太平の世をもたらした。天下統一して事実上の支配者となり、重要な政策を施行した。山崗はこの江戸時代の征夷大将軍を崇敬し、自分が陸軍将軍に昇進してからは愛用のメカに徳川の三つ葵《あおい》の紋を描いているほどだ。

山崗将軍は演説にあたって名乗らなかったが、必要はなかった。よく通る声、厳粛な面、熱烈な身ぶりから一目瞭然だ。

「われわれは愛国者だ。国を愛するがゆえに集っている。現総督は東京参謀本部に虚偽の報告をし、権力の座を金で買った。軍隊経験はない。そして嘘をつく。慢心した道化だ。人命を尊重しない。その指導力の欠如ゆえにカンザス大虐殺は起きた。そればかりか面目をつくろうために責任転嫁をくりかえし、わが国の優秀な情報組織さえやり玉に挙げた。そのため高潔な同僚の多くが不当に更迭され、いわれなき罪で切腹させられた。しかし今度こそ明々白々な証拠が出た。総督はナチスの協力者だった。仇敵ナチスのだ！　こんな痴《し》れ者に皇国の運命を託せない。われわれはここに誓う。多村《たむら》総督を権力の座から排除し、新政権を樹立すると。それがわれわれの責務である」

　将軍は多村総督の罪状を列挙した。些末なものから冒瀆的、不道徳的、非人道的なものまでである。総督の政治的都合で自決をしいられた公職者や軍人の名が読み上げられた。

　将軍自身も総督の横暴の被害者だった。カンザス大虐殺の直後、山崗は独領アメリカのテクサーカナ砦進攻を計画、実行し、政権の期待を上まわる成功をおさめた。テクサーカナを制圧し、独領アメリカで三番目に高い建造物と喧伝されるヒトラー像を引き倒し、全世界に勝利宣言をした。バイオメカを切り刻む新型ストランド級メカのまえに、ナチスはなすすべがなかった。ところが多村総督はこの勝利の報を聞いて東海岸への進軍を命じるどころか、山崗の意図を疑って東京参謀本部に讒言《ざんげん》した。これによって多くの人物が政治生命を失った。

「時は至れり」山崗は断言した。「長い雌伏もここまでだ。愚かな指導者が率いる参謀本部は皇国臣民を危難におとしいれる。ナチスは分をわきまえない。沈黙線でわが軍への報復攻撃をいまも準備している。やむをえずテクサーカナ砦の東半分を割譲する講和交渉をしているときに、参謀本部は西半分も譲渡せよと命じてきた。これは皇国の弱さをナチスに見せる結果になった。たしかに弱点である。わが国の政治指導者はサンディエゴの敗北以来、判断の誤りを続けている。ナチスと手を結んで生き延びるのは不可能だ。武力を行使するしかない。名ばかりの指導者が国を滅ぼすまえに、われわれが国を治めるのだ」

カンザス大虐殺の生存者である励子には深く共感できた。山崗将軍が同胞の仇討ちをしているときに、多村総督は横槍をいれてきた。そのことに励子はいまも腹を立てていた。ナチスから買収されていたとわかればなおさらだ。考えるだけで怒りに震える。

軍人たちが言った。

「沈黙線第九区の前哨地十八カ所すべての指揮官が革命支持を表明しています」

「市内十三地域の消防署長もあらゆる非常事態にそなえて警戒態勢をとっています」

多村大悟《だいご》総督を排除したあとの革命に支持を表明している会員三十人の名が読み上げら

れた。

　山崗将軍は話した。

「これより諸君はそれぞれの持ち場につけ。失敗すれば家族ともども命はない。しかし成功すれば国を救えるのだ」

「失敗はしません！」だれかが叫んだ。

　意気に感じて山崗はうなずいた。

「そのとおりだ。相手の警備はそれなりに厳重だが、組織的攻撃には脆弱《ぜいじゃく》だ。正確な移動ルートと警備の詳細は総督の側近にいる内応者から情報がはいっている。諸君の作戦における役割は、秘密保持のために現場で個別に伝える。それぞれの任務は些末に思えても、作戦においてはいずれも不可欠だ。戦闘任務につく者に心より敬意を表する。細心の注意をはらって万全の計画を立てているが、生還できない場合はつねにある。諸君の名は〈戦争の息子たち〉において永遠に語り継がれ、崇敬の対象となるだろう。無駄死にには決してしない」

　将軍は低頭して、集会は終わった。

　ダニエラが励子のところへ来た。

「今夜の作戦で最大の難所をまかされたわね」

「やりとげるわ」励子は答えた。

「幸運を。未来はあなたの肩にかかってる」

「プレッシャーをかけないで」

「この程度で震えたりする？」

「するわよ。ベルトーリ・ディスコのチキンダンスのように」

「作戦が終わったらVIP席のチケットをおごるわ」

励子は愛機、蝗號《イナゴ》のところへ行った。このカタマリ級は全高約十米《メートル》で、一般的なメカよりかなり小さい。小型であるかわりに敏捷性と操縦性にすぐれる。パイロットはサラマンダー・システムと呼ばれる粘液が満たされた容器にはいる。このおかげで励子はカンザス大虐殺で受けた古傷の痛みに悩まされずに操縦できる。緩和効果のある粘液は、筋肉を保護しながらパイロットの意図する動きを感知する。カタマリ級は手を使わなくても、足、目、眉、さらには声でも操縦可能だ。しかし音声制御のみでは三十分もするとパイロットの声が嗄《か》れる。励子は脚と視線と音声の組み合わせで操縦していた。

カタマリ級はカプセル状の兜と軽い装甲を持つ。緑の装甲には光学ステルス機能があり、姿を背景に溶けこませる。マイク、動体センサー、その他の計測機器によって外部環境を適切に知覚できる。武装はスカリア一九式試作電磁銃で、照射した金属製の物体を磁化し、動かすことができる。もう一つの実験的装備は、励子が長らく要求していた指向性プラズマシールドだ。これでカタマリ級は敵にとって容易ならざる標的になる。シールドはプラズマ放射で特定方向の空気を加熱し、電磁場でそれを保持する。高温で濃密な空気層は飛翔体の運動エネルギーの大半を奪う——つまり、イナゴ号の軽い装甲で跳ね返せるくらいに減速するわけだ。

　励子はイナゴ号を操縦して倉庫から出た。普段と異なる夜の空気。雨は都市をきらめかせる。ビルが泣いているように見える。

　作戦の詳細は集会前に説明を受けて頭にはいっていた。総督を乗せた警備車両をふくむ九台の車列は西太閤橋を渡る。橋は全長約八百米《メートル》のカンチレバー橋で、夜間の交通量はごく少ない。励子の任務は警備車両二台の排除。電磁銃を使えば簡単だ。

　カタマリ級はほかに三機いて、装備は同様。この作戦へのカタマリ級の投入は賢明だ。もともと都市防衛用の機種なので、市内を集団で移動していても不審に思われない。念のためにスポケーン・ストリート陸橋ぞいの警戒任務を許可する偽造書類が用意されている。これで単純な職務質問には答えられる。

　現場には二〇時一三分に到着した。総督の車列が来るまで四十分ある。多村総督は年度予算をめぐって市の幹部と議論の応酬をしており、内部情報筋によれば会議は長引きそうだという。

実行チームはおたがいを暗号名で呼んでいた。ほかの三機はゴールド、ブルー、グリーンと呼ばれる。励子は適当にレッドを選んだ。二機ずつ組んで、橋の両端で配置につく。励子の相棒はリーダーのグリーンだ。秘匿チャンネルで彼はきまじめに命令を反復確認した。その声に励子は聞き覚えがあった。カンザス大虐殺のあとの合同葬で弔辞を読んだ士官だ。

「聞いてるか、レッド？」グリーンが声をかけてきた。

「はい、聞こえます」励子は答えた。

3Dのマップがゴーグルに投影され、設定された攻撃ルートが浮かんだ。

「きみはバークリー出身か？」グリーンが訊いた。

「数年前に卒業しました」

「声に覚えがある。わたしはメカタウンで勤務した」

「おなじく」

「カンザス大虐殺で現地にいたのではないか？」

「いました。そちらも？」

「甥にカンザスのメカ訓練キャンプを見せていた。将来の夢はメカパイロットだというので、案内したんだ。フリーウェイを走っているときにナチスのバイオメカの攻撃を受け、道路が破壊された。気がついたら病院のベッドの上。甥は即死だったと聞かされた。妹に顔むけできない。息子を亡くして以来、一言も声を発していないんだ」

グリーンは黙りこんだ。励子は同情した。

別班のゴールドも話しだした。

「俺は東モスクワに駐留していたことがある。あそこは冬がきびしい。兵舎の配管が凍ってシャワーが出なくなる。そんな冬の壁ぞいにナチスはよく囚人を立たせ、おかしなポーズをとらせて上から水をぶっかけた。凍死した囚人は氷漬けのおかしなポーズのまま何カ月も放置される。ときどき狙撃練習の目標にされて氷ごと砕かれる。戦友の一人が西側に恋人がいて、ときどき忍んでいってたんだが、あるときつかまって、恋人といっしょに壁に立たされた。体を無理やりねじって氷漬けのハート形になってな……」

ソ連の西半分はどんな生活だろう。そこの非アーリア人は奴隷あつかいだ。純血のドイツ人でもささいな失言で政治犯として秘密警察に逮捕され、鞭打たれる。

次はブルーが話した。

「こっちは山崗将軍のテクサーカナ砦進攻作戦に参加した。そして囚人が詰めこまれた地下施設をみつけた。囚人はまるでゾンビだった。ナチスのやることはひどい。人間どうしを切って縫いあわせ、動物の遺伝子を組みこみ、さらに子どもを産ませて親の目のまえで虐待する。いまも悪夢に出てきてうなされる。とらえたナチスは捕虜にしなかった。その場で殺した。あのまま進攻を続けるべきだったんだ。多村総督の中止命令は絶対におかしい」

励子は燃える怒りを感じた。〈戦争の息子たち〉で共有される感情だ。自分が話す番だと思ったが、カンザス大虐殺の記憶や体験を話すのはまだためらわれた。

ダニエラと励子はＢＥＭＡの三年次を終えると、沈黙線での現場実習のためにイーストカンザスに送られた。アパートメントの外で起きた爆発の記憶はいまも生々しい。廊下の半分が目のまえで吹き飛び、励子は転倒して背中から壁に叩きつけられた。大小の瓦礫《がれき》が散乱し、煙が充満するなかで部屋からよろめき出ると、一度も話したことのない隣人の死体をみつけた。下半身がコンクリート塊の下敷きになっていた。励子自身も頭に痛みがあり、頬に血がつたった。顔にさわろうとして、右腕が動かないことに気づいた。見下ろすと右手は血まみれで、肘から下がつぶれていた。もとの部屋からうめき声が聞こえ、もどるとダニエラが血の海に倒れていた。重傷のダニエラは朦朧としたようすで訊いた。

「なにが起きたの？」

「わからない」励子は答えた。

「じゃあ――」

言いかけたところでダニエラは気を失った。

励子はその肩に腕をまわし、全力でかつぎあげた。引きずり、よろめきながら出口へ進み、壁にできた穴から外をのぞくと、醜悪きわまりないものがいた。黒い怪物だ。溶けて生きているような流動性の皮膚におおわれている。既存のどんなメカより大きい。表面に浮いた血管のような筋がうごめき、隣の筋ともみあっている。真っ黒な翼がはえ、それが不規則に脈動している。表面で傷口のような亀裂が波打つ。

励子は記憶から現在にもどって言った。

「行きましょう」

あの攻撃は思い出したくない。さいわい、だれもうながさなかった。

通常なら警備車両が多数いるはずだが、今夜は〈戦争の息子たち〉に在籍する当局者が総督の通行ルートにあたる橋を通行規制していた。警察上層部にいる〈息子たち〉の会員は指揮下の機動隊に出動をひかえさせている。べつの関係者は〝偶発的なサージ電流〟によって付近を停電させた。橋は非常灯だけになり、監視カメラも停止。橋付近の西太閤市は市街の明かりが消え、あらゆる活動が停止している。橋のメンテナンス作業員が使うジープが橋脚のそばに七台駐まっている。すでに仕事を終えて人影はない。

幸運にも雨が上がった。月は下弦だが充分に明るい。条件はこちらに有利だ。

「芋虫がレーダー画面にはいった」

グリーンが言った。芋虫は総督の暗号名だ。

励子は計九台の車列を目視した。

「芋虫を確認」

車列が橋にかかるまでカタマリ級は待機する。攻撃開始は百米《メートル》渡ったところで。事前の情報では、総督は先頭から三台目に乗っているはずだ。

先頭が橋を渡りはじめた。一般車両はいない。車列は急速に進行してくる。励子は担当の七台目のジープに照準をあわせた。

「攻撃開始」

電磁銃で標的をロックオン。同期すると、手もとの操作どおりにジープは空中に浮いた。

励子はこれまでたくさんの車両を浮かせてきたが、今回はわけがちがう。高く持ち上げたところで、ためらった。ナチスを殺すのに躊躇はしないが、これに乗っているのは勤務中の友軍兵士なのだ。全体のためにしかたないとわかってはいるが、自分の音声命令一つで車内の人々が死ぬと思うと、なかなか声が出なかった。

「レッド」グリーンが言った。

励子はトリガー解除を命じ、ジープを橋の下に落とした。ほぼ同時にほかの警備車両六台もカタマリ級の操作でおなじ運命をたどった。励子は次の標的をロックオンし、おなじ操作をした。車内の兵士たちの生死はわからないが、自分も命じられた任務なのだと言い聞かせた。

作戦の第一段階は順調に終わった。

残るは装甲車一台。これに総督が乗っているはずだ。その殺害役がだれに割り振られているのか知らないが、自分ではない。任務は終わった。そう思って作戦から離脱しようとしたとき、ゴールドが言った。

「どうもへんだぞ」

「どこが？」

「俺が担当したやつは車内に熱反応がなかった」

車内の熱反応は人体を意味する。

「遮蔽されてるんじゃ……」ブルーが言った。

「確認ずみだ。だれも乗ってないんだ」

「どういうことだよ」

しかし励子は察しがついた。

「総督車を調べてみて」

「まさか——」

「確信はないけど」

ゴールドは総督の車両に近づいてスキャンをかけた。

「反応をみるかぎり無人だ。確認する許可をくれ」

だれに許可を求めているのかわからないが、とりあえず励子は答えた。

「どうぞ」

ゴールドはドアをちぎりとって車内をのぞいた。

「もぬけの殻だ。自動運転になってる」

「最初から無人の車列だったのよ」励子は言った。

「どういうことだ？」

励子は震える息を吐いた。

「罠よ」

作戦失敗か。多村総督に逃げられたと思うとはらわたが煮えくりかえる。

それを合図にしたように大きな爆発が起きて、ゴールドが吹き飛ばされた。総督車が自爆したらしい。直後に励子のコクピットで警報が鳴り、急速に接近する黒いメカが見えた。

励子をふくむ残り三機のカタマリ級を狙っている。

　アヌビス級だ。黒い装甲。そして腕が二本ではなく四本ある特徴的な姿。カタマリ級の倍の体軀で、巨大な薙刀《なぎなた》をかついでいる。市街戦用のアヌビス級は敏捷さと機動力が設計の主眼だ。機甲軍で長らく更新の必要がいわれていた古いガーディアン級が、カンザスでまるで戦車に突撃する騎兵隊のごとくバイオメカに惨敗したため、急ピッチで開発されたのがアヌビス級だ。

　そのパイロットが誰何《すいか》してきた。

「こちらはスズメバチ号の比嘉初咲《ひがうさぎ》少佐だ。姓名所属を述べよ」

「お退がりください、少佐」グリーンが怒鳴った。

「貴様たちは総督を襲った。総督は天皇陛下の臣である。総督への攻撃は大逆行為に相当するぞ」

「少佐に対して敵意はありません。しかし退がっていただけないなら武力を行使します」

　返事のかわりにスズメバチ号はミサイルを三発発射した。カタマリ級の三機それぞれに飛んでくる。ブルーは電磁銃でその一発の進路をそらした。励子も自分のぶんを電磁銃で湾の水面に落とそうとした。しかしブルーがそらしたミサイルが橋にあたり、大きなコンクリート塊が落下して地響きをたてる。その揺れのせいで励子のカタマリ級はよろめき、電磁銃の狙いがはずれた。ミサイルは励子の機体に直進してくる。しかし寸前で急角度にむきを変え、べつの橋桁《はしげた》にあたった。グリーンが励子を襲うミサイルを電磁銃で転針させたのだ。自分に飛んでくるミサイルを放置して。そらされなかったミサイルはグリーンに命中、爆発した。

「グリーン、グリーン！　大丈夫ですか？」

血を流したパイロットの顔が映った。

「いちおう無事だ」

スズメバチ號は次発をロックオンしてきた。

カタマリ級は対メカ戦設計だ。機甲軍が十年の歳月をかけ、何十億圓《えん》もの開発費を投じて完成させた電磁銃もある。それでも初撃に対応した感触では、この勝負は五分。接近戦になればアヌビス級が有利だ。活路を開くには周囲の条件をうまく使うしかない。

励子はまわりを見た。スズメバチ號は大柄なので電磁銃一挺で持ち上げるのは難しい。三機で協調しなくてはいけない。

先に〈戦争の息子たち〉の拠点に暗号通信でメッセージを送った。

『作戦失敗。罠。車列に総督の姿なし。戦闘中』

ちょうどそのときミサイルで損傷した橋桁の一部が崩落し、五十米《メートル》下の海面に落下した。橋には跳び渡れないほど広い間隙ができた。

一計を案じて、励子はグリーンとブルーに指示した。

「電磁銃をスズメバチ號にロックオンしてください」

「なにをするつもりだ？」

「橋の間隙から落とします。わたしがおとりになって注意をそらすので、合図したらいっせいに電磁銃をあてて」

スズメバチ號をスキャンして改装部分を調べた。そのような箇所はえてして防護が弱い。六人乗りのブリッジ。睡眠カプセルが並ぶ就寝区画。その上でうなるブ《B》ラドリウム粒子生《P》成炉《G》。鎧の胸甲上部にあるミサイルランチャー。励子はまず整備作業員のジープを電磁銃で持ち上げ、投げつけた。相手の脇腹にあたってつぶれる。痛くもかゆくもないだろうが、その注意を惹くことはできた。べつのジープを持ち上げてさらに投げようとしていると、スズメバチ號は駆け寄って拳で叩きつぶした。さらにイナゴ號に襲いかかる。

スズメバチ號が振りかざす薙刀に、励子は電磁銃をあてて横へ引いた。スズメバチ號は引きもどそうとして、空中での進路がずれる。励子は敵にむかって突進しながら、電磁パルスを最大出力にして相手を引き寄せた。そして寸前で極性を反転させ、強い反発力でスズメバチ號をむこうへ押し倒した。すかさずその胸甲に徹甲弾の雨を降らせる。数百発が降りそそいだ。

　比嘉少佐が音声通信で言った。

「無駄な抵抗はやめろ。貴様たちの作戦は最初から失敗している。総督は攻撃を予想して通行ルートを変更された。アヌビス級の応援がまもなく来る」

　励子は答えなかった。比嘉の時間稼ぎにすぎない。

「そうか。ではこちらも本気を出すぞ」比嘉は言った。

　スズメバチ號の鎧の各部から煙が吹き出し、三本目の腕が体の前面に突き出た。その手から棒状のものが出て、展開して円形の防楯《ぼうじゅん》になった。スズメバチ號は薙刀を捨てて、イナゴ號に突進してきた。励子は退こうとしたが、相手が速い。三本の腕で殴打してくる。

「レッド、応援が必要か？」グリーンが訊く。

「いりません！　退がって」

　殴られながら励子は答えた。

　スズメバチ號は左、右と脇腹にパンチをいれてくる。さらに肩へアッパーカット。頭部へ連打。

　イナゴ號のコクピットの電卓ディスプレイに警告表示が出た。補機類が損傷してシールド強度がゼロに近い。励子は打撃を浴びて朦朧となりかけた。

しかし待っていた瞬間が訪れた。二発のパンチが同時に飛んでくるのを、スウェーしてよける。するとその二つの拳が空中でぶつかりあった。イナゴ號は背中のブースターを噴いて体を起こし、小ぶりの融合剣を抜いて両手首に切りつけた。片手は落ち、もう一方も大きく損傷した。

両機は衝突し、もつれて倒れた。比嘉少佐は憤然としている。第三腕と第四腕の手首が構造的に弱いことを知らなかったらしい。励子は知っていた。この機種は手首の固定が甘く、特定の角度から叩くとロックがはずれやすいことを、メカタウン勤務時代に発見して上司に報告していた。

手が二本減ればスズメバチ號は電磁銃に抵抗しづらい。防楯もない。

励子はふたたび徹甲弾を雨あられと撃ちこんだ。至近距離では威力が増す。押されたスズメバチ號は、ふたたび拳で反撃してきた。励子はプラズマシールドを投射し、周囲に高熱を放った。想定外の熱を浴びてスズメバチ號の手の不具合がさらに進んだ。

「いまよ！」励子はブルーとグリーンに合図した。

両機は電磁銃を使ってスズメバチ號を固定した。彼らは引き、励子は押す。両方向に引っぱられたスズメバチ號はなすすべがない。極性をうまく使いながら機体を運んだ。行き先はいうまでもない。意思に反して引きずられるスズメバチ號は哀れだ。必死に橋の路面に手をついて抵抗している。しかし二本の腕が動かず、残った二本の腕では三挺の電磁銃に抗しきれない。

　橋の崩落した間隙まで引きずり、落とした。しかしスズメバチ號はしつこく二本の腕で欄干にしがみついている。励子は電磁ビームの極性を変えて押した。ふいに警報が鳴りだした。スズメバチ號がミサイルを八発撃ったのだ。

　励子はビームの出力を強めてスズメバチ號を橋から海へ突き落とした。すぐに電磁銃を上げて、飛んでくるミサイルの進路をそらす。ブルーの反応が遅く、数発を胸甲に浴びた。

「ブルー！　無事なの？」励子は訊いた。

　装甲板が裂け、エネルギーレベルが急上昇している。

「無事じゃないようだ。ＢＰＧが暴走している」ブルーは答えた。

「緊急脱出して」

　ブルーはあわてている。

「射出装置の制御が壊れた。脱出でき――」

　爆発で通信は途絶した。

「くそっ！」

　励子はののしり、空中で拳を振った。

多村総督は安全な場所に隠れ、暗殺犯を探しているだろう。まもなく増援のアヌビス級もやってくる。残った僚機のグリーンを見ると、機体の損傷がひどくて移動も難しいようだ。牽引するしかない。同志の二機の残骸はどうするか。作戦が失敗した状況で残骸が調査されるのは都合が悪い。励子は二機の残骸を海中投棄しようと電磁銃をかまえながら、グリーンにつないで指示した。

「車輪を出してください」

「どうするつもりだ、レッド？」

「牽引して帰還します」

グリーンは苦笑した。

「牽引して太閤市街を通るつもりか」

「そうです」

「無茶だ」

「無茶ではありません。メカの牽引は日常的にやっています」

「今夜の状況では無理だ。危険すぎる」

「帰還して態勢を立てなおしましょう」

「態勢を立てなおすときに、大破した機体はじゃまになる」

「戦力はすこしでも必要なはずです」

グリーンはしばし黙り、長いため息をついた。

「わたし自身が負傷している」

「救護班がいます」

「よく考えろ、レッド。牽引はわれわれの大義をあやうくする行為だ」

励子は憤然とした。

「大義は今夜ついえるかもしれないのですよ」

「危険はみんな覚悟している。信じろ」

「なにを信じろと？」言いたくないが、言わざるをえない。

「〈戦争の息子たち〉はいずれ勝利すると」

「捕虜になったら拷問を受けます」励子は指摘した。

「では生きてつかまらないようにするさ」

「いっしょに帰還すればいいのです」

「ありがたいが、それはだめだ」

グリーンはつっぱねて通信を切った。励子は呼びかけたが、返事がない。

やがてグリーンのカタマリ級は爆発した。

はじめ励子は、海に落としたスズメバチ號がなんらかの手段で攻撃してきたのかと思った。あるいは増援のアヌビス級が来たのか。しかし周囲をスキャンしてみると状況は明白だった。

グリーンは自爆したのだ。

命が無駄に消えたことに怒り、励子は震える息を吐いた。滅私の行動には敬意を表するが、ほかの道があったはずだ。電磁銃で三機分の残骸を海に落とした。三人の命が失われた。なぜか。作戦が失敗したからだ。家族は知っているのか。まだだとしてもすぐに知るだろう。国事警察の特別高等警察、いわゆる特高が自宅へ捜索にいく。満足できる答えを聞けなければ（いや、聞けたとしても）、家族は連行されるだろう。

集合場所へ急ぎながら、皇軍メカに先まわりされていることを懸念した。そのときはグリーンとおなじ道を選ばされるだろうか。収監されたら絶望だ。特高の拷問を受けて関係者全員の名を吐かされる。彼らが使う手段に抵抗できる自信はない。抵抗して戦うべきか。〈戦争の息子たち〉の陰謀が暴露されたら、多村総督の立場は強くなる。ナチスの協力者に国をゆだねるのは不愉快だ。最後まで抵抗しよう。総督を殺すか、はたせずに死ぬか、どちらかだ。考えろ、励子。考えろ！　集合場所の情報は漏れていると考えるべきだ。総督の居場所を自力で探すしかない。

次の行動を考えているとき、スキャン画面に接近する複数のメカが映った。警告にしたがって反応を調べると、四機が近づいてくる。やはり待ち伏せていたのだ。望み薄だが戦うしかない。武装を確認した。徹甲弾の残弾は五割八分。電磁銃はそろそろ要充電だ。掩《えん》体《たい》になるものを探してまわりを見た。

「メカを停止せよ」敵パイロットが言ってきた。

「いやだと言ったら？」励子は言い返す。

「破壊する」

「やれるものならね」

計十六本の腕がいっせいに襲いかかってきた。大きな装甲部品が剝ぎ取られ、電磁銃も破壊された。外部スキャンによれば、次の攻撃にはもう耐えられないはずだ。励子は覚悟を決めて自爆ボタンに手をかけた。

「もう一度チャンスをやる。メカを停止して――」

「無駄よ」

通信を切る。アヌビス級たちは攻撃続行しようと拳を振り上げた。励子は自爆ボタンを押した――しかしなにも起きない。配線が切れているらしい。

「くそっ！」

戦うしかないと身がまえる。ところが正面のアヌビス級が突然爆発した。困惑して見まわすと、べつのメカが近づいてきた。二足歩行する虫のような姿で、アヌビス級より細身。クワガタムシのように二本の角が頭にはえている。多くの関節に分かれた手足は蛇のように攻撃し、腕は鞭のように動く。

嶽見ダニエラの愛機、ストライダー号だ。

「励子！」

暗号回線からダニエラの声がした。コミュニケータに友人の姿が映って励子は茫然とした。

「なにがどうなってるの？」

「メッセージを見て駆けつけたのよ。動ける？」

「かろうじて」

「すこし離れて」

可能なかぎり離れた。

ストライダー号は次々とブーメランを投げた。たんに投擲者の手もとにもどる翼状の板ではない。目標の至近で爆発して線形の衝撃波を出し、敵を両断する。

四機のアヌビス級は大きな被害をこうむって逃げ腰になった。ストライダー号はその隊列に駆けこみ、ブーメランを剣のように振りまわした。駆け抜けたあとにはメカの刺身ができていた。

「来てくれるとは思わなかった。万事休すのところだったわ」励子は言った。

「こんなところで終わりじゃない。生きて帰るわよ」

「でも作戦は失敗した」

「正義をめざして目的を果たせなくても、それは失敗ではない」

ダニエラは力強く断言した。励子の手もとの戦略画面が明るくなった。

「北で大きな戦闘が起きてるわね」

「動ける?」

「補助動力でなんとか。BPGの出力経路を変更するから待って」

あちこち調節して、イナゴ號はまた動きはじめた。

ストライダー號とイナゴ號がビルと商店のあいだを抜け、曲がりくねったフリーウェイに上がろうとしたとき、その高架で連続爆発が起きた。轟然と火柱が上がる。

「なにごと?」

警報が鳴り響くなかで励子はいぶかしんだ。

十二機のアヌビス級がこちらへむかってくる。

「待ち伏せされたようね。敵は……。いえ、待って。炎のなかからだれか出てきた」

破壊されたフリーウェイの高架の下から、一人の人影があらわれた。アーマースーツにヘルメット。正体不明だが、人間の首らしいものをかかえている。

ダニエラと励子はその人影に武器をむけた。するとアヌビス級のいずれかから通信がはいった。〈戦争の息子たち〉の副司令官、豊田《とよだ》副大臣だ。

「銃口を下げろ。作戦は成功した」

「どういうことですか、成功とは」

「きみの報告のあとで、総督の正しい居場所をつきとめ、最強の刺客を送った。彼女が仕留めてくれた」

「最強の刺客？」

励子はアーマースーツの人影をあらためて見た。

「暗号名ブラディマリーだ」

「伝説のナチスキラーがこちらの陣営に？」ダニエラは興奮したようすだ。

「そのとおり」

励子もブラディマリーが〈息子たち〉の一員だとは知らなかった。しかし驚くにはあたらない。ブラディマリーがナチスに対して容赦ないことは有名だ。

「ほかのパイロットはどうした？」

豊田から訊かれて、励子は首を振った。自決したグリーンを思ってやりきれなくなった。その死は無駄だった。大義を守るための自己犠牲には敬服するが。

「死亡しました」

「不幸なことだ」

ダニエラも声を落とした。

「残念ね」

「ええ」

戦闘がこんな形で終わって安堵すべきか、失望すべきなのか。それでもダニエラが来てくれたのはうれしかった。もう一度ブラディマリーを見た。豊田のアヌビス級に回収されるのを待っている。

彼女の働きで多村を始末できた。しかしどうも違和感があった。なにかがおかしいのだが、それがなにかわからない。

2

「――よって捜査の進展をみるまで、山崗騰将軍を暫定総督に任じると決した。この困難な時局に国家を率い、卑劣な暗殺犯をつきとめてくれると信じる」

総理大臣によるこの記者会見のようすは、検閲局の厳格な監視のもと、主要な電卓チャンネルで一週間くりかえし流されていた。

山崗総督による捜査は、前総督とナチスの癒着の証拠を次々とあばいた。隠されていた個人銀行の取引明細や所得申告書類も出てきた。大衆はその内容に驚き、怒りの声をあげた。かつて山崗将軍のテクサーカナ砦進撃に中止を命じたような、前総督のさまざまな不可解な行動にこれで説明がついた。メディアは点と点をつなぐ調査取材に総力を挙げた。有力な手がかりもあればガセネタもあり、〝匿名の情報筋〟をもとに根拠不明の可能性が語られた。前総督の縁故者は全員逮捕された。彼らはいずれ特高の餌食になる。前総督はナチスから資金提供を受け、協力することで地位を守っていたという巨大なスキャンダルをメディアは書き立てた。

機界の交流空間ソーシャルには、山崗将軍の総督就任を賛美する書きこみがあふれた。前政権は総辞職し、主要ポストにはすべて〈戦争の息子たち〉の会員が起用された。励子も何度か役職の希望を尋ねられたが、はっきりした返事をできなかった。

めまぐるしい数週間がすぎた。かぞえきれない役人と面会し、毎晩のように〈戦争の息子たち〉の新会員を歓迎する夕食会に出た。東京参謀本部からいれかわり立ちかわり訪れる将軍や官僚は、暗殺に驚きながらも、アメリカのテロリストによる犯行という見方で一致していた。

そんなある夜、ダニエラからバークリーでの夕食に誘われて、ひさしぶりに緊張から解放された。

「もう人と会うのはうんざり」励子は言った。

「わたしもよ」ダニエラは答えた。「だから、新しくできたサイバーバブルのラウンジに行かない？」

「サイバーバブルって？」

「月へ行ったことはある？」

「バークリー時代に行こうとしたわね。酔って、プールの水面に映った月へ行ける気がして飛びこんだ」

「そのあと一ヵ月間、キャンパスの五つのプールを掃除させられたわね。あなたがそこで吐いたから。あのときは退学を覚悟した」

「そうね。そのこと謝ったっけ？」

「いいえ」

「失礼」

励子は笑いながら答え、ダニエラもつられて笑った。

そのラウンジは〈明日のアポカリプス〉という店名で、棺桶のようなポッドがずらりと並んでいた。店員はにきび面に大きなゴーグルをかけた十代の少年だ。

「お二人さま？」

「そうよ」

ポッドにはいると内部がジェルで満たされた。気がつくと励子は宇宙に浮いていた。寒くて完全に無音。隣にダニエラがいる。

「すごくリアル」

励子は言ったが、声は聞こえない。ダニエラが設定をいじってようやく会話できるようになった。

「これまで経験したどんなバーチャルリアリティよりすごい」励子はあらためて言った。

「ほかのVRなんてくらべものにならないわよ。さあ、月面へ降りてみて」

「どうやって」

「月へ泳ぐのよ」

ダニエラはおもしろそうに言った。

急速に月面へ降下した。一番乗りはダニエラだ。二人はクレーターからクレーターへ跳び渡り、月の地形に驚嘆した。見上げる地球が美しい。

「ほかにもいろんなVRを経験できるけど、お気にいりはこの月と、オアフ島のバンザイパイプラインね」

「そこ、いいわね。サーフィンしたい！」

サイバーバブルを楽しんだあと、二人はテレグラフ・アベニューの店で軽く飲んだ。

「楽しかった。いい店を知ってるのね」励子は言った。

「ストレス解消によく行くのよ」

「人と会うのはやっぱりストレス？」

ダニエラはグラスのなかを見つめた。

「山崗総督が進めてる改革をどう思う？」

「いいことよ。多村時代の腐敗をあばき、不正をただしている」

ダニエラは悲しげな笑みを浮かべた。なにか言おうとしたとき、野次《やじ》る声が聞こえた。どうしたのかと窓から店の外を見る。すると三十人以上が警察に連行されていた。手錠をかけられ、よろよろと歩いている。沿道の人々はそれを見て嘲笑し、食べ物を投げつけている。

「あれは？」励子はウェイターに尋ねた。

「前政権時代の国賊ですよ」

前バークリー市長もそのなかにいた。山崗の政権奪取からまもなく巨額の脱税と収賄で告発されたのだ。

「なんてこと。渡部《わたなべ》さんだわ」ダニエラが言った。

「どこの渡部さん？」

「渡部プリスの父上よ」

「プリスって……渡部プリス将軍？」

渡部将軍は機甲軍幹部の一人だ。

「そうよ。よく見て」

励子は目をこらした。将軍の父親は、バークリーで論理学を教える人気の高い教授の一人だ。

その渡部教授は、いま顔を腫らし、うつろな目をして、足を引きずって無言で歩いていた。沿道の群衆に殴られ、唾をかけられている。

ダニエラは顔をゆがめ、拳を握っていた。野次馬に殴りかかりそうなようすなので、励子は手をかけて止めた。衆人環視の場で国賊に肩入れしたと見られるのはよくない。とくにいまの政治状況では。

「場所を変えましょう」

励子はうながした。ダニエラはなおも野次馬に抗議したいようすだったが、さいわい口をつぐんだ。二人はチャニング・ウェイにはいり、しばらく歩いた。人通りが減ったところでダニエラが言った。

「なぜ止めたの？」

「言うまでもないでしょう」

「これは政治的な逮捕よ。渡部教授はおもてむき多村総督を批判せず、〈戦争の息子たち〉にも参加しなかったから」

「かもしれないけど、なにか明確な理由があるはずよ」励子はそう言ったが、確信はなかった。

「山崗総督体制を築くための粛清よ。いったい何人が逮捕、処刑されたと思う？」

その剣幕に励子はひるんだ。

「さあ……」

「そもそも気にしてないでしょう」

ダニエラは言った。励子は残念ながら否定できない。

「こんなはずじゃなかったのに」

「変革には時間がかかるものよ」励子は言った。「わたしを〈戦争の息子たち〉に誘ったときにそう言ったじゃない」

「あれはまちがいだったかもしれない」

「ばか言わないで」励子は身を乗り出した。「多村打倒は正義よ。旧体制は崩されるべきだった」

テレグラフ・アベニューを歩いていく新たな群衆をにらみながら、ダニエラは言った。

「打倒まではね。でもこの騒動はちがう。渡部教授は機甲軍の身内よ。あんな扱いはまちがってる」

「そうね」渡部教授はメカ戦闘に哲学と論理を持ちこんだ人物だ。「でも群衆を相手にまわすのはよくない。適切なチャンネルを通すべきよ」

「あなたのチャンネルをね。でも、そのチャンネルが切れたら?」

「なんとかする」

「なんとかなればいいけど」

ダニエラはため息をついた。

数日後、励子のもとに驚きの招待状が届けられた。なんと新総督からの呼び出しだ。バークリーから空路でロサンジェルス入りし、ダウンタウンの市庁舎にはいった。山崗総督は経営協議会や諸大臣、兵站、装備、経済、生産、鉄鋼、金属加工、ブラドリウム、原子力の各部門代表との会議を控えていた。ビジネススーツの二十三人を尻目に、励子は総督執務室にはいった。

山崗は控え室の人々について言った。

「新経済五ヵ年計画の影響を懸念して集まっているんだ。変化はゆるやかで、彼らの取り分は減らないと説明する必要がある」

「はい」

「我欲は皇国を動かす強力な道具になるのだ」

「我欲は皇国を壊すこともあります。とりわけ役人が自己の利益を優先すれば」励子は指摘した。

「皇国の運営は巨額の経費がかかる。小さな我欲には目をつぶっていいときもある。一時的ならな」

「なるほど。彼らの忠誠心は、前総督時代とおなじく揺るぎないとお考えですか？」

山崗総督は笑った。

「舌鋒《ぜっぽう》鋭いな」

「舌は鈍いとよく言われます。しかし歯は鋭いつもりです」

「わたしの靴を履くとしたらどうする？　つまりわたしの立場に立ったら」

励子は総督の靴を見た。

「もっと安くて履き心地がいいのを選びます。イタリアの革靴は見映えがいいかわりに、爪先が痛くなります」

山崗は靴を脱いでゴミ箱に捨てた。

「今日聞いた一番の助言だ」背中を椅子にあずけて尋ねた。「木之下《きのした》少佐の最期にいあわせたそうだな」

「名前を存じません」

「暗号名をグリーンといったはずだ」

あの夜についてこの場でおおっぴらに話すつもりかと励子はいぶかしんだ。

「なんのことかわかりません。緑は大いなる名誉と自己犠牲の色だと思っています」

山崗はうなずいた。

「いい答えを聞いた。きみの判断もいい」

やはり励子の反応を試したらしい。

「気にいったぞ、守川中尉。皇国へのきみの助言は価値がある。本日付で大尉に昇進。教育省の指揮をまかせる」

「なぜわたしに？」

「士官候補生は皇国の生命線だ。わが国の教育制度には改革が必要だ。若き才能の発見と育成に最適な制度にしてもらいたい。貧富の差を固定する世襲制はやめたい。才能を秘めた候補生をすくい上げられるものにしたい。虚心坦懐なきみならできるだろう」

「わかりました」

「よろしい。わたしは次の面会が五分後に迫っている。きみは全国を視察してまわり、勧告をまとめてくれ。時間は……二週間やる」

総督の話は終わりのようだ。しかし励子はダニエラとのやりとりを思い出して、総督に訊きたいことがあった。

「まだなにかあるのか、大尉？」

ためらう励子に山崗は尋ねた。

「はい。この一カ月間の逮捕者のことです」

「それがどうした」

「投獄された人々の一部は、ただ忠実に働いた市民ではないでしょうか。かならずしも前総督を支持していたわけでは——」

「そこまでだ。あとは言うな」山崗は言葉を探した。「こういう言い方をしておこう——〈戦争の息子たち〉の一部は粛清をやりすぎた。この問題はいずれなんとかする」

「ありがとうございます」

励子は低頭して退室した。

教育省に赴任して最初の公務は、絞首刑の立ち会いだった。前教育大臣は資金洗浄と学生からの搾取を縁故者に許した罪で、死刑を宣告されていた。重罪ゆえに自決も許されなかった。

さいわい励子には立ち会いを避ける妥当な言い訳があった。多忙な全国視察の予定が組まれていたのだ。各地の校長や教頭や教員からじかに話を聞き、望ましい施策を考えた。多くは基本的なことで、たとえば教師の待遇改善と少人数学級の実現。この二つは相互に関係していて、給与を上げて教職希望者が増えればいい。

福沢諭吉高校では三百人の生徒によるパレードを見学した。鼓笛隊が流行歌を上手に演奏し、生徒たちが一糸乱れず行進した。

「もしかして、わたしのためにこれを？」

尋ねると、校長はほがらかに答えた。

「あなたと教育省のためのパレードですわ」

行く先々で美しく包装された贈り物がさしだされた。励子はもちろん受けとらなかった。判断の正当性を疑問視されたくない。歓迎会と称する高級ディナーや晩餐会への招待も断った。前大臣が去って万事が変わることをしめさなくてはいけない。

日程の最後はダラスだった。二校を視察したあと、ちょうど前総督の暗殺から百日目ということで、〈戦争の息子たち〉の記念祝賀会に参列した。今回の集会は冗談めかして、〝脱仮面〟だと言われていた。だれもが正体をみせるというわけだ。

場所がダラス都会なので、ほかの四十六人の参列者のほとんどは見知らぬ人々だ。ただしダニエラも参列することはあらかじめ知っていた。いつもの不気味な面をつけた友人は、励子に気づいて驚いていた。

「どうしてここに？」

励子もいつもの面だ。しっかりと顔をおおっている。

「視察旅行を総督から命じられたのよ。そのとき、例の話についてもすこし質問してみたわ」

「総督の返事は？」

「いずれなんとかするって」

「いずれ？」

ダニエラは納得いかないようすだ。

「〈戦争の息子たち〉は一大勢力になったから、会員の一部によるやりすぎもあるのよ」

「それで失われるのは人命なのよ」

語気を強めるダニエラに、励子はささやいた。

「革命に流血はつきものよ」

ダニエラはうなずいた。

「先週、機甲軍の将兵四人が国賊として処刑されたことを知ってる？」

「いいえ、初耳」視察で忙しかったせいだ。

「その一人はわたしの生徒よ。彼女は〈戦争の息子たち〉に所属するある大臣にお辞儀をしなかったのをとがめられ、国賊と断罪されたの」

「まさか」

「本当よ。ねえ、場所を変えてその話を」

「集会のあとでね」

「でも――」

開会のチャイムが鳴った。

「あとで」励子は重ねて言った。

今回の集会は派手さをひかえていた。犠牲者追悼の蠟燭《ろうそく》をともし、一分間の黙禱をした。演壇に上がった高級将校は、皺だらけの老人の顔を彫った漆塗りの面をつけている。全員に挨拶した。

「諸君の懸念は聞いている。予定を早めるべきではとの声もある。しかしいまこそ肝要な時期であり、性急さをつつしまねばならない。すでに東京参謀本部の注目を好ましくないほど惹いている。計画全体をとどこおりなく実行するには、特段の慎重を期し、総督を信頼すべきだ」

「準備をいつまで続けるのですか？　待ってばかりで機を逸すると、いままでの戦いが無駄になります」

「拙速に事を運ぶと、革命ははじまるまえに終わってしまうぞ」

戦略の概要が議論されるようすを励子は聞いた。再建計画には問題の発生にそなえていくつかの選択肢が用意されている。過去の革命がおかした失敗を山崗総督はよく研究している。

「会員七名が何者かに殺されたという噂はご存じですか？」だれかが質問した。

会場がざわついた。自分たちがだれかに狙われているという考えに不安になっている。

規律と静聴の態度が失われ、高級将校は苛立った。

「その件は調査中だ。しかし〈戦争の息子たち〉が狙われたと断定できる証拠はない。そもそも会員の大半は軍人であり、生命のリスクはつねにある。警備態勢を強化し、犯人を捜索している」

「東京参謀本部ですか」

「それともナチス？　やつらは弱点とみれば攻撃してくるだろう」

「沈黙線のむこうのようすは念入りに監視している。ナチスの警戒レベルはいつものように高いが、こちらの混乱に乗じて攻めてくると考える特段の理由はない。情報によれば、むこうでは国家政策の修正を求めるランサー陸軍元帥にからんで大きな国内問題が起きていて、その対処で忙しいようだ」

しかし質問は続いた。狙われた被害者についてだれもが詳細を知りたがった。

ふいに、ジョージ・ワシントンの面をつけた参列者が呵々《かか》大笑《たいしょう》しはじめた。電子的に変調された不快な笑い声。人間ではなく耳ざわりなロボットの声のようだ。

「なにがおかしい？」壇上の高級将校はただした。

「諸君全員だ」ワシントンは答えた。「こんな集会を開いて気分がいいか？　良心をなぐさめ、やましさをいやせるか？」

「無礼だぞ」

「おや、そうかな」

「何者だ」

「自分が送った殺し屋をもう忘れたか。頓挫した計画の尻拭いをしてやったのに」

高級将校は衛兵を目で探したが、一人もいない。

「ブラディマリーか」

「そう呼ばれている」

会場じゅうの面がいっせいにそちらにむいた。

突然、一人の男が悲鳴をあげはじめた。不自然にゆがんだ声。面の下の顔に異変が起きて苦しんでいるようだ。ほかの参加者たちももがいて叫びはじめた。どうやら触覚プローブの機能が改変され、針に変化して装着者の顔を刺しているらしい。息のある一人がなんとか面をはずした。その顔は穴だらけで腫れ上がっている。ほかの多くは面をつけたまま倒れて息絶えた。頭も顔も無残に変形している。ブラディマリーがその一人の顔を蹴って面を割った。励子も知っている顔だった。陸軍少佐で、沈黙線の重要な弾薬庫の責任者をつとめている。その顔は紫色に変わっていた。

会員の一人がブラディマリーに突進した。長身で筋肉質の彼は、拳を振り上げて殴りかかった。しかし股間を蹴り上げられ、ナイフで首を切られて倒れた。

「図体がでかいほどよく血が出る」

血《ち》飛沫《しぶき》を見ながらブラディマリーは言った。

「おまえはどっちの味方なんだ？」男の声が怒鳴った。

「自分こそどちらの味方だ。面のせいでわからんな」

励子は、累々と横たわる死体のあいだに一人立つ自分に気づいた。なぜまだ生きているのか。ようやく能面がはずれて、安堵しつつも困惑した。突然の展開に茫然としながら、本能的にダニエラの面を探す。しかし見あたらない。銃を求めて手が伸びたが、さきほどの保安検査であずけていた。呼吸が速まる。義腕に隠したナイフドローンが残っていると自分に言い聞かせた。カンザスで九死に一生を得たあとに、不意討ちをくってもあわてないように用意していた。ナイフドローンは有機ポリマー素材で、スキャンしても肉体と一体化して見える。偽装のために血液さえ循環させている。励子は義腕のパネルを押してナイフドローンの格納スペースを開いた。

ブラディマリーが励子にむきなおった。

「早まらないほうがいい。こちらを知っているなら」

「伝説のナチスキラーね」

「ならば約束事も知っているだろう」

「生存者をかならず一人残す」

「その幸運をやろう」

「これが幸運？」励子は声を荒らげた。「〈戦争の息子たち〉のためにあなたは総督を殺したはずでしょう？」

「この組織のためではない」

「じゃあなんのため？」

返事はない。

「なぜ今度は〈息子たち〉を襲うの？」

「おなじことのくりかえしに飽きあきしたからだ。多村総督が死んで山崗があとを継いだ。山崗が死ねばべつの偉ぶった愚か者があとを継ぐ。権力の座はいつもそうだ」

「山崗総督はちがうわ」

ブラディマリーは笑った。

「ここから見れば変わらない」

「ここって？」

「死刑執行人の立場だ」

励子は義腕の人工皮膚をはがし、肘から二本のナイフを抜いた。一本目は手で握る。二本目のナイフドローンは内蔵の電卓チップで励子の視線を追い、敵の戦闘スタイルを分析して、自動攻撃する。敵の反撃も予想してかわす。全長は二十糎《センチ》で肘から先にすっぽりおさまる。

励子は手にしたナイフでブラディマリーに斬りかかった。

ブラディマリーは腕を上げ、金属製の手甲で防御した。励子は蹴りを出したが、ブラディマリーは胸で受けてびくともしない。まるで鉄塊だ。ブラディマリーはみずからもナイフを抜いた。いかにも凶暴そうな太いブレード。反撃がはじまった。めまぐるしくくり出される白刃。励子はよけるのが精いっぱいだ。ナイフドローンは肝心なときに不具合を起こして空中で停止し、そこを破壊された。

励子は突破口を探した。どこかにすきはないか。懐に飛びこんでナイフで突ける弱点はないか。ブラディマリーは完全防備のようだが、首すじにはナイフが通るすきまがあるはずだ。両者は火花を散らして斬りあった。小さなブレードと大きなブレードがぶつかる。ブラディマリーが本気を出していないとわかって、励子は苛立った。手数を増やしても最小限の動きでかわされる。押して、退いて、かわして、まわりこみ、死体だらけの床を飛びまわる。

「さっき言ったように、生存者をかならず一人残す」

ブラディマリーはふいにナイフに力をこめ、励子のナイフを中央で折った。

励子は折れ残ったブレードを相手の顔めがけて突きいれた。ブラディマリーは左腕でそれをはじく。励子はその首にまわし蹴りをいれた。しかし硬いアーマーにはじき返され、よろめき退がる。脚全体が衝撃でしびれた。

肩に衝撃を感じ、見ると投げ矢が刺さっていた。

「人を殺したことは？」ブラディマリーが訊いた。

「もちろんあるわ」

励子は答えながら、全身が脱力していくのを感じた。膝が笑い、立っていられない。

「では、一人目の殺しを憶えているか？」

「一人目？」

ジョージ・ワシントンの面の奥の目は不気味なほど無感情だ。そのまま話しはじめた。

「ブラディマリーの最初の標的は官僚だった。電卓情報の売人。ナチスのためにスパイ行為をした国賊だ。一週間尾行して調べあげた。どこで食べ、だれと話すか。家族思いで子どもと妻に献身的。しかし経済的にきびしく、多額の借金があった。帳尻をあわせるために数ヵ月に一度、ドイツ大使館に情報を流していた。そのせいで皇国の工作員が四人殺された。罪を確認して、遺書を書かせ、ビルの壁に吊って絞首刑にした。公開処刑だ。しかしそれまでに、ことあるごとに懇願された。最期に一目子どもたちに会わせろ、せめて電話をさせろと」

「許したの？」

ジョージ・ワシントンの面が励子を見つめる。

「この集会の情報を漏らした裏切り者を許せるか？」

「裏切り者？」

「仲間の一人が裏切ったということだ」

頭にダニエラが浮かんだ。しかしありえない。なにがあろうと敵になるとは思えない。

励子は膝をついて訊いた。

「だれなの？」

「だれでもいいだろう」

「殺したの？」

「裏切り者は信用できないからな」

「あなたこそ裏切り者じゃないの」励子は非難した。

「興味深い。国賊集団のくせに」

「お国のために戦ったのよ」

「政権を奪取するためだ。そのために殺した人数は、多村総督在任中に粛清された人数と変わりない」

「嘘よ」

「本当だ」

　ダニエラから聞いた話を思い出す。また安否が心配になった。

「証拠は？」

「死体の山がはなつ芬々《ふんぷん》たる悪臭が証拠だ」

「どうして楽しそうなの」励子は不快感をこめた。

「楽しそう？」ブラディマリーはその表現に困惑したようすだ。「死刑執行人はゴキブリを何千匹殺してもなにも感じない」

「人間はゴキブリじゃない」

「どうして不快そうなんだ」ブラディマリーは励子の言いまわしを裏返した。「とはいえ、ゴキブリは悪くない」励子の肩に刺さった投げ矢をしめした。「もうすぐ意識が薄れる。

素直に眠れ。でないと目覚めが悪くなるぞ」

「どうして生存者を残すの？」

「生きて語らせるためだ」

「だれに、なにを？」

「こう話せ。ブラディマリーはいずれ〈戦争の息子たち〉の偽善を暴露する。ブラディマリーの革命は平和ではすまない。死の革命になる」

「革命？　あなたはナチスの協力者なの？」

相手は首を振った。

「ブラディマリーはだれの指図も受けない」

戦いたいが、目がまわった。意識が遠のき、なにも言えずに倒れた。


気がついたときは病院のベッドの上だった。かたわらには山崗総督がいて、心配げにこちらを見ていた。励子は起きて敬礼しようとしたが、山崗はすぐに首を振った。

「楽にしろ」

「総督。ブラディマリーが……彼女は……」

励子は一連の出来事を説明した。思い出すと怒りがこみあげる。まるで歴史がくりかえされたかのようだ。カンザス大虐殺のときとおなじく、またしても励子は圧倒的な力に振りまわされ、無力な状況に甘んじた。はっとして思い出す。

「嶽見ダニエラはどうなりましたか？」

「会場の外に隠れていた」

「では無事なのですね」励子は安堵した。

「無事だ。ただし少々疑問点がある」

「どういうことですか？」

部外者の侵入を許した警備体制の不備が気になる。ダニエラについても、総督の口ぶりからすると、たんにトイレに出ていたのではないらしい。

「いま彼女は心にトラウマを負っている。当面は精神状態の回復を優先させる」

「あの襲撃になんらかの形で関与していたと？」

「本人の意図するところではあるまい。まだ事実関係を調査中だ」

「嶽見は回復しますか？」

「そのはずだ。しかし身柄はしばらくあずかる」

断固たる態度だ。励子はまだ訊きたいことがあったが、そのようすからあきらめた。総督は続けた。

「同志の死はじつに痛ましい」

山崗は悲痛な調子ながら、感情を抑えて言った。

「ブラディマリー追跡部隊を指揮させてください」励子は懇願した。

「ブラディマリーについてはすみやかに対処する。しかしいまは慎重さが必要だ。より重大な最終目標が見えているときに、軽々には動けない」

その発言に虚をつかれた。聞きちがいかと尋ねた。

「といいますと？」

「ナチスはテクサーカナ砦のヒトラー像再建をはじめている。今回はさらに大きい。敵は攻撃の準備をしている。こちらは政治的変動の数カ月を乗り越えたばかりで、ブラディマリーがらみの作戦には慎重にならざるをえない。こちらの有利になるよう利用する。しかし、敵を倒すにはべつの敵をしむけるという策もある」

「べつの敵とは？」

「同胞の仇をとりたいか？」

励子は累々たる死体を思い出した。

「はい」

「わたしもそうしたい。しかし、ブラディマリーの背後に黒幕がいるとしたら、その正体をつきとめねばならない」

「それは尋ねてみましたが――」

「正直に話すわけがない。鵜呑みにするな。嘘と欺瞞で混乱を起こすのが敵の策だ」

「はい」

「特高につてがある。槻野《つきの》昭子《あきこ》という者だ。連絡して状況を説明しろ」

「特高ですか」

「これは彼らの管轄だ。特高の捜査は容赦がない」

やり方としては理にかなっている。特高にブラディマリーを追わせ、こちらは見物する。

個人的な感情に流されず、沈着冷静に手を打つ山崗総督らしい。しかし懸念もあった。

「〈戦争の息子たち〉に特高課員がいますか？」

「いない。だからきみを連絡役にする」

いやな気分になった。特高とは不愉快な過去がある。

「その槻野という特高課員は信用できるのですか？」

「最終判断はきみにまかせる。しかし特高の仕事ぶりは効率的だ」

「たしかに。しかし彼らはどの組織も容赦しません。捜査しだいでこちらに牙をむくこともあるのでは」

「だからきみは用心しろ。この事案は特高の領分だ。ブラディマリーが〈戦争の息子たち〉を標的にしたことに関心を持って、放っておいてもいずれ出張《でば》ってくる。ならばこちらから招きいれて、初動を誘導したほうがいい」

「なるほど。しかし……」

山崗は励子を見つめた。

「きみが特高で過去に経験したことは承知している。ご両親は気の毒だった」

励子は感情をみせないように努力した。

「ありがとうございます」

ダニエラの生徒の一人が将校にお辞儀をしなかったせいで逮捕されたという話が頭に浮かんだ。励子の両親もささいな理由で特高に連行された。思い出すといまも怒りと悔しさが湧いてくる。

「槻野課員は特高のなかで変わり者として知られる。行動は誠実で、特権濫用はしないはずだ」

幼いころ、家の玄関を特高がノックしたときのことを思い出す。応対に出ると、その一人が大きな笑顔で言った。「きみが励子か？　パパとママを呼んできてくれ」

その笑顔が頭にこびりついている。両親に害をなす者だと当時は気づかなかった。愚かにも言われるままに両親を呼んできてしまった。

「そうだといいのですが」

現在にもどって励子は答えた。心のなかは、あのとき両親に警告しなかったことへの後悔でいっぱいだった。

山崗は立ち上がり、左の手首に右手をおいた。

「これから葬儀の準備がある。革命で活躍してもらうはずだった者が何人もこの襲撃で命を落とした。その仇はとる。しかし大きな計画を粛々と進めることも彼らへの追悼だ。獅子身中の虫を探すとともに、集会のやり方も変えていく」

「どのように？」

「警備態勢を強化し、集まる人数を減らす。この話はあとにしよう。きみは体の回復に専念しろ」

山崗は去った。

励子は総督の対応に不満を感じながら、ベッドで一人横たわった。ブラディマリーの問いを思い出す。励子が初めて人を殺したのは、士官学校の最終年次に弾薬士官として軍務についたときだ。沈黙線における密輸取り引きを監視していた。雨の真夜中に十八人が違法な越境をはじめた。雨のためにセンサーがきかず、熱スキャン画像なしでは姿を確認できなかった。なのに上官から撃てと命じられた。

励子は照準をあわせ、ロックオンし、トリガーを引いた。十四人分の生体反応が消えた。ふたたび撃つと、残る四人分も消えた。

なにも感じなかった。ひたすら非現実的で生命のはかなさを思った。その行為の正邪を教える天啓のようなものはなかった。彼らはただ死んだ。それについてだれもなにも思わない。悲しむ者もいないだろう。

「いい射撃だった」

上官からはそれだけを言われた。沈黙線のむこうからやってくる者をみつけて淡々と殺すだけの、四十代の将校だった。励子は正しいことをしたのかどうかわからず、当時は疑問にも思わなかった。

ブラディマリーが殺した一人目は、すくなくとも人となりを知った相手だった。励子はなにも知らない。そのことにぞっとした。

若名ビショップ
西テクサーカナ砦
二〇二〇年春

1

ナチスはそこを〝正直ラボ〟と称している。実際には仮設の拷問施設であり、容疑者が尋問に〝正直〟に答えるようにする場所だ。

若名《わかな》ビショップは秘密警察、特高の比較的新しい課員だ。一年前の採用後、西テクサーカナ砦に派遣されて、郊外のある倉庫の噂を調べてきた。そこにはいった者は二度と出てこないとされる。

ビショップはZコートの襟を引き寄せた。このZコートはモデル5・9で、現在はトレンチコートを模している。服の光学属性を調節して外観、色、透明度、長さを変え、レトロ風から現代スタイルまで自在に切り替えられる。ビショップは黒のコートを好んだ。下になにを着ていてもわからないのがいい。

　ビショップ自身は髪を長く伸ばしてポニーテールにしている。身長は百八十糎《センチ》。筋肉質の体と頑丈な肩でどんな難局にも突進し、突破する。鼻はブルドッグのように丸くつぶれているが、とがった眉がつくる強い視線はなにものも見逃さない。濃い黒髪は日本人の父親から、鋭い茶色の瞳は中国人の母親から受け継いだ。カウアイ島で両方の言葉を話しながら育った。

「なにかわかったか？」

　ビショップは靖《やす》に訊いた。特高の鑑識官で今夜の現場をまかされている。倉庫の外ではテクサーカナ警察《TPF》が早く現場を調べようと待っているが、優先権は自分たち二人にある。靖はいつもむさ苦しく、スーツを着て、煙草のにおいをさせている。

「十八人分のDNAが出た。半分はドイツ系だな」

　ということはやはりナチスのしわざだろうか。すくなくとも十八人がここで拷問されたらしい。ドイツ市民か、独領アメリカの反抗的住民か。ナチスは外国人の囚人よりむしろ自国の造反者にきびしい。

ビショップは倉庫内の情報を集めるために、電卓の後付けセンサーを操作して〝犯行現場〟モードを選んだ。電卓はデータを集め、基本的な鑑識処理をほどこし、高解像度の画像を撮影しはじめた。特高のデータベースに転送しながら、ビショップの目のコンタクトレンズにも送る。フィードバックが視野を流れはじめた。

倉庫内の過去の状況については記録がない。西テクサーカナにドイツが建てたビルは大半がデータ不足だ。おおまかに見たかぎりでは、もとはベルトコンベアがいくつも設置されていたらしい。いまはほとんど撤去されている。梱包会社だったのだろうか。広い空間にスポットライトがいくつか吊られている。これらが尋問中の被疑者をまばゆい円形の光で照らしていたのだろう。

「空き家になってどれくらいだ？」

「死体の一つもないとわからんな」

ビショップの問いに、靖は答えた。

こいつと組むのはこの一週間で四回目だ。靖は死体がいかにして死体になったかを調べるのにやや異常な情熱をしめす。このラボで起きたことを推測し、さまざまな拷問手法の痕跡を検知して解説する。レーザーメスや高精度焼灼器などが使われたらしい。驚くにはあたらない。テクサーカナ砦の戦闘でナチスが撃ってきた銃弾さえただの銃弾ではなかった。幻覚作用のある毒物が塗布され、それが犠牲者の血中にはいると精神が恐怖の渦に呑まれた。

「これといった発見はないのか」

「いまのところ普通の発見ばかりだ」

ナチスが使っていた倉庫跡とわかっただけでは、ドイツ大使館への抗議くらいしかできない。ナチスはそれに対して、〝西テクサーカナ砦は原則的にドイツ領であり、管轄権のない国からあれこれ言われるすじあいはない〟云々といつもの反論をするだけだ。法的水掛け論のなかでは、死者は厄介な脚注でしかなくなる。

それだけの場所とはとても思えない。悪名高い〝正直ラボ〟の跡地がこんなにきれいさっぱり片づいているはずはない。死体があるはずだ。周辺か、地面の下か。

ビショップは倉庫の外を見てまわった。変わったところはない。木箱がいくつか積まれている。すこし気になる。電卓のスキャナーで調べると中身は空《から》。ただ積まれているのか、それとも……なにかを隠しているのか。

どかしてみた。下からパネルがあらわれた。施錠はされていない。引き上げると、地下への階段がある。靖に短いメッセージを送って、南部式熱線銃を抜き、電卓の照明機能を使って階段を下りはじめた。下からは不気味な青い光が漏れてくる。電卓の画面で熱反応の有無をたしかめながらゆっくり下りる。動くものはない。しかし人の気配がする。

「特高の若名ビショップだ。抵抗する者は撃つ」

特高と聞けば九割九分は投降する。残り一分が戦闘になる。想定外なのは沈黙だった。

床に下り立つと、銃器を詰めた木箱が十箱あった。それだけでも警戒にあたいするが、もっと不愉快なものがあった。人体がおさまるサイズの円筒形のガラス容器が四つあり、液体のなかに切断された人体の各部が無数に浮いていた。

ビショップは体をこわばらせ、顔をゆがめた。これこそ追跡中のナチスの科学者、メッツガー博士の所業ではないか。まさに鬼畜。特高の報告書によれば、博士は独領アメリカでこのような人体実験をくりかえし、犠牲者数は千人におよぶ。

吐き気をこらえて、発見した証拠品を観察した。切断された少女の生首がふいに目を開き、ビショップはぎょっとした。

「おい、意識があるのか？」

ビショップは呼びかけた。しかし少女は何度かまばたきして、また目を閉じた。

ナチスの悪行は何度見ても不愉快だが、とりわけこの少女はビショップの姪に似ていた。まさかと思って観察し、姪ではないと確認した。それにしても背すじが凍る。

ビショップは階段を駆け上がって靖を呼んだ。ようやく下りてきた靖は、地下室の光景に目をみはった。

「たしかにメッツガー博士のしわざだ」

「楽しそうだな」ビショップは正反対の表情で言った。

「こんな完全な状態で残された宝の山は初めてだ」

特高のフィードでメッツガー博士のプロファイルをあらためて読んだ。本業は歯周病専門の歯科医。しかしその生物学的好奇心は歯と歯肉を超えて人体すべてにおよんだ。メッツガーの家族は先祖代々アメリカの白人至上主義者で、当初はナチスがアメリカから他人種を駆逐してくれると期待し、歓迎していた。しかしこの期待は、ご多分に洩れず失望に変わった。ナチスは白人もこまかく分類し、ドイツのアーリア人だけを優越人種とみなした。メッツガーは旧アラバマ州のバーミングハム生まれで三十四歳。違法な武器取引も手がけ、日本合衆国《USJ》の反乱分子に武器を供給していると見られる。その密輸行為がまず特高の捜査対象になり、生化学実験の失敗で百二十三人を殺したことでお尋ね者リストの最上位に躍り出た。

しかしこの地下室を見ると、当初の想定よりはるかに大きな事案になりそうだ。

「こいつは時間くいそうだな」靖が言った。

「応援を呼ぶか？」

靖は憤然とした。

「ばかいうな。とにかくTPFをいれるな」

テクサーカナ警察とあとで一悶着ありそうだ。ビショップは切断された人体部品をあらためて見た。少女に目がいく。

「五十六人分かそれ以上ある」と靖。

「生きてはいないんだろう？」

靖は答え方に迷うようすだ。

「医学的には生きてない。でも生物学的にはどうかな。部位ごとに再利用可能かもしれない」

「どういう意味だ？」

「つまり、人間としては死んでるが、部品単位での移植はできるはずだ」

五十六人分の死体の部品か。不快きわまりない。靖は続けた。

「詳しく調べるには時間がかかる。ところで、どれもパッキングしたうえで、〝ウルフヘトナー〟と書かれてるが、どういう意味だ」

ウルフヘトナー？　ビショップは見当がつかず、首を振った。

「さあ」

「近くに関係する情報があるはずだ」

「銃の箱はどうだ」

「伝票によれば、ダラスの中島空港へ運ぶ予定だった密輸品のようだな。なにかわかったら電卓に送る」

　ビショップは切断死体をもう一度見てから、ダラス都会行きの新幹線の時刻表を電卓で確認した。急げば十六時ちょうどの弾丸列車にまにあいそうだ。ＴＰＦの指揮官は上にいる。管轄権について彼女がうるさく主張しないことを願った。


　新幹線にはかろうじてまにあった。テクサーカナ駅では特高の身分証を提示した。あらゆる交通機関に無料で乗れる通行手形だ。特高の文字と眼が図案化され、その下に〝警察手眼《しゅげん》〟の四字が刻まれている。

　座席についてベルトを締めると同時に、列車は動きだした。車内の電卓ディスプレイは今日のニュースの要約を流している。沈黙線で続くナチスとの緊張関係についての話題がおもだ。

　電卓で姪のレナに電話をかけた。母親のマイアが出て、レナは隣にいた。

「ビショップおじさん！」

レナは声をあげた。八歳で、ビショップの死んだ弟とおなじく茶色の目がいきいきしている。

「今日来る？」

姪の顔を見てほっとすると同時に、ラボの少女の死相を頭から追い払おうとした。

「今日は無理だなあ」

「週末のあたしの演奏会には来る？」

「なんとか行けるようにする。河田《かわだ》の曲は練習できたかい？」

「目隠ししても弾けるわ！」

亡弟はそうやってバイオリンを練習していた。レナもその話を聞いて、おなじ方法で練習していた。

「送った動画は見てくれた？」

「まだだ。でも見るよ」ビショップは約束した。

「完璧に二回弾いたのよ」

そこにマイアが割りこんだ。

「睡眠時間をけずって遅くまで練習してるのよ。それはそうと、レナが学校でおかしなことを言ってるの。聞いて——」

しかしそこに上司から緊急連絡がはいった。

「ごめん。あとでかけなおす」

義妹との電話を切って、上司からの電話をとった。特高の槻野昭子警視監。韓国人とフランス人の血が半々の彼女は、この思想警察で最高の課員の一人だ。テロ組織ＧＷ団との戦いで両腕を失いながら、生体機械の腕を装着して敵を殲滅した。その苛烈さからＧＷ団は彼女を〝災厄〟と呼んだ。普段の沈着冷静なようすからは、かつてテロ組織を壊滅に追いこんだ勇猛な戦士の姿は想像しにくい。しかしビショップも普段は特高課員であることを隠している。

槻野は開口一番に言った。

「ダラスに着いたら、山崗総督の執務室へ行け」

「どんな用件で？」

「中島空港についてだ。あそこは陸軍の管轄だが、靖の報告にしたがって、テクサーカナからの同様の荷物がさらにいくつかみつかったらしい」

「早いですね」

「その荷物を調べろ。ただ陸軍は貴様にお目付役をつけると言っている」

「なるほど」

「陸軍には用心しろ」

「どのように？」

「友好的に、親しげにしてきても、相手は陸軍だ。指向も考え方もちがう」

「打倒ナチスという点はおなじでは」

「打倒の定義が異なるかもしれない」

通話は切れた。

義妹にかけなおしたが、出ない。そこで姪から見てと言われた動画を見た。目隠ししてバイオリンを弾くようすだ。何度かまちがえながら、最後まで弾きとおした。練習後を撮影した動画では、塩キャラメルのケーキとストロベリーアイスを食べたいと主張した。亡弟も甘党だったと思い出して、ビショップは笑顔になった。いっしょに陸軍にいたとき、除隊したらレストランをやろうと話しあった。兄がメインのコース料理をつくり、弟はデザートを担当する予定だった。

そんなことを思い出していると、靖の報告書が電卓に届いた。ラボで発見された犠牲者と、かつてメッツガーが化学物質の人体実験に失敗したときの多数の死者を写真で比較している。死体は皮膚が腐敗し、筋肉は収縮して落ちくぼんでいて不気味な表情だ。

ビショップは捜査の予備報告書を作成、提出した。上司が読んでなにか気づいてくれることを期待した。

二十四時間近く起きているので疲れた。軽く仮眠をとるつもりで目を閉じた。とたんに記憶に襲われた。呼吸が荒くなる。息苦しさに過去へ引きもどされる。ナチスに拘束された過去。鎖で縛られ、眼球に針を刺され、血管に薬剤を注入された。つかのまの睡眠さえ一カ月にわたって奪われた。

ビショップは目をあけ、眠れないまま車窓の外を見た。緊急機動防衛隊《RAMDET》の蟹《カニ》メカが西テクサーカナからダラス都会への列車を警護している。姪の動画をもう一度見た。

ダラスの猪田《いだ》駅に到着すると、弾丸列車から地下鉄に乗り換えた。

すれちがう市民のプロファイルが視野に浮かぶ。それぞれの人生の要約がアクセス可能な範囲で表示され、次々と通りすぎる。経済状態、最新の健康診断結果、それに紐付けられた家族歴、社会階層。死に方までデータによって克明に予測される。興味深いことに、それらの個人情報の大半は自発的に提供されている。ソーシャルと呼ばれる機界の交流空間で、ユーザーは顔写真、思想信条、経歴を自己申告している。プライベートなメッセージのやりとりにも特高はアクセスできる（高度なフィルターと検索技術で、あらゆる話題における個人の思想を簡単に抽出できる。消去されても特別なカテゴリーとして閲覧可能だ)。

たとえば、隣に立つアルコールと臭豆腐《しゅうどうふ》のにおいをさせた男は、バカラ賭博中毒で一週間前から毎晩妻と喧嘩している。また椅子にすわると痔の出血で座面を汚してしまうらしい。

そのむこうにすわった女は多重債務者で、複数の債権取り立て屋に追われている。大学に数年残るために借金したのがはじまりで、いまは困窮して膀胱炎の治療さえままならない。

むかいの席の男女は泣く子をあやしているが、赤ん坊との血縁をしめす公的記録はない。女に妊娠の医療記録はなく、養子縁組の届けも出ていない。最近一週間に二人とも昔のアメリカの理想を賛美する発言をしている。ビショップは地元警察に注意をうながすタグをつけた。

駅で数百人が降りて、数百人が乗ってきた。混雑したJRダラス都会線の全乗客の個人情報が若名ビショップに流れこむ。この世にプライバシーは存在しないと、特高課員になって知った。

もともと存在しなかったのかもしれない。

数字と統計で見る世界は奇妙だ。だれもが丸裸だ。例外は特高の同僚、一部の政府職員、特別な免除者だ。現役の軍人は公開情報に制限がかかる。わかるのはおおまかな配属、経歴、階級、受勲歴までだ。

ビショップ自身は陸軍時代から電卓の利用に慎重だった。小隊では被害妄想と笑われるほどだった。しかしいま、私的なメッセージを電卓利用の最初期までさかのぼって見られる立場になって、当時の慎重さは正しかったとわかった。

数千のプロファイルが浮かぶ満員電車のなかで、物理的にも精神的にも圧迫感をおぼえた。みんな生活に余裕がなく、かろうじて食いつないでいる。一人一人がかかえる困難（財務表と医療記録）、欲望（電卓の検索履歴）、交友関係（メッセージの枝分かれリンクにあらわれる親密度）、ささやかな癒やし（ゲームプレイ時間、映画の視聴傾向、小説の好み、サイバーバブルの利用プログラム）がすべて見える。

エアコンの調子が悪いのか、車内が暑い。ビショップは額の汗をぬぐった。日本語と英語で流れる車内放送に本能的に耳をすませた。次は降りる予定のダウンタウンの駅だ。下車すると、無数の顔の印象はたちまち消え去った。

駅の東口はダウンタウンながら見映えの悪い地域が広がっている。空き地にはホームレスのテントがいくつも立っている。一年前のナチスの攻撃で破壊されたビルの玄関には困窮者がすわりこんでいる。一部の男女はビショップの電卓にプロファイルが表示される。もとは中流階級だったが、さまざまな事情で財産を失った。ある女が手にしたボードには、〝初めて出産した男の子に飲ませる乳も出ません。お金をめぐんでください〟と書かれている。

ナチス攻撃前のかつての東口のようすを電卓の視野に映してみた。繁栄した市街だったようだ。洞窟のような廃墟は当時、ビショップのお気にいりであるカレー味のパストラミサンドイッチ店だった。柱が立ち並ぶだけの廃墟は、かつて病院だった。

ビショップは過去の映像を消し、目的地にむかった。

市庁舎の近くには四機のメカが常駐し、周辺の不審な動きを警戒していた。行政関連のビルのまわりには政府職員と軍人の姿が多い。山嵐の総督就任後に多くの建物で改装工事がおこなわれている。画家の五十嵐《いがらし》ゲンによる新作展示会〈不滅の宇宙犬タナカちゃん〉の広告がたくさん出ている。来年完成予定の集合住宅はそろってナチスの攻撃に耐える強化壁を宣伝している。

山嵐総督のダラス事務所には日本の甲冑がいくつも飾られていた。ビショップは受付で挨拶した。

「こちらの事務所で人に会うことになっています」

受付嬢は電卓を確認して答えた。

「おすわりになってお待ちください。すぐまいります」

椅子は厚手のクッションに見えたが、腰を下ろすと硬くてすわり心地が悪かった。立って陳列棚へ行き、総督が受けた賞や勲章の展示を眺めた。

「ひさしぶりじゃん、ビショップ」

振り返って驚いた。高校時代の同級生、守川励子だ。表示されるプロファイルはすべて空欄。ということは彼女が陸軍のお目付役なのか。

「励子？　俺のこと憶えててくれたのか」

ビショップは驚きの声をあげた。励子は笑った。

「あたりまえよ」

励子の髪は長く、黒に近い紫だ。膝丈の黒い薄手のコートをはおっている。

高校時代はおなじクラスで、政治問題についてよく議論した。日本の本州と北海道への修学旅行ではおなじ班で行動し、ビショップが料理のガイドをした。当時からビショップは外国料理をつくって友人たちに食べさせるのを趣味にしていた。励子は味覚が鋭く、意見が的確だった。卒業後も何年かソーシャルでメッセージをやりとりし、料理や店のおすすめ情報を教えあっていたが、いつのまにか疎遠になっていた。

槻野課員は二人が旧知であることを知っていたのだろうか。

「ここでなにしてるんだ？」

「最近まで山崗将軍の副官だったのよ」それはかなり特権的な立場で、プロファイルが非公開設定なのも当然だ。「あんたこそ特高課員になるなんて意外」

「俺自身も意外だ。おまえはメカパイロットになったのか？」

「カタマリ級に乗ってたけど、最近はあまり搭乗機会がなくて。いまは総督に命じられてメカパイロットの育成カリキュラムの見直しをやってる。特高暮らしはどう？」

「それがな。いつかきっと小部屋に閉じこめられて、いままではただの適性試験で、結果は落第だと宣告されるんじゃないかって気がする」

「思想警察のくせに、そんな詐称者《インポスター》症候群めいたこと言って」

「だから詐称者をみつけるとピンとくるのさ」

励子は笑った。

「どうして特高なんかに？」

「どういう意味だ？」

「高校時代は鮨職人になるものだとばかり思ってた」

「おかしな巻き鮨を食わせたっけ」

「フライドチキンとフライドポテトが酢飯《シャリ》と山葵《わさび》とあうなんて、想像もしなかったわよ」

「見ため最低って言われたな」

「言った。食べたら最高だった」

「あわないネタをあわせる魔法の調味料があるんだ」

「どんな調味料？」

「秘密だ。べらべらしゃべるようじゃ特高失格だ」

「つまり、特高課員になったわけもしゃべらないと」

「過去の貢献と犠牲がいつのまにか評価されていたってことにしておこう」

励子は苦笑した。

「いいわ。槻野警視監からの報告は読んだ。メッツガー博士という男が銃の密輸をやってるのね」

ビショップはうなずいた。

「中島空港にある荷物から証拠が出ればいいんだが」

「行ってみましょう」

「地下鉄で？　タクシーで？」

励子は首を振った。

「メカで」

カタマリ級に乗るのはビショップは初めてだった。というより、最近のメカにはほとんど乗ったことがない。イナゴ號は小型で敏捷で、交通渋滞をかきわけて移動するには最適だ。車輪を接地させ、レールに乗って市内をすり抜ける。

ブリッジは外観の印象より狭い。励子の操縦席、ナビゲータ席、砲術管制席のほかに余分な空間はない。正面にハッチがあってほかのメカと連絡できるようになっている。非常用ロッカーにはロケットパックが二セットある。ビショップはナビゲータ席にすわった。

「ナビゲーションパネルの使い方はわかる？」励子が訊いた。

航空歩兵ともいうべきロケットパック隊にいたビショップは、ナビゲーションについてもひととおり習得していた。操縦クルーの負傷にそなえて非常時のバックアップ訓練を受けさせられたのだ。それを説明しながら、言い訳もした。

「数年ぶりで錆びついてる。そのうち思い出す」

「どんなメカに配属されたの？」

「俺はジャンゴ隊に所属して、サイレン號から出撃した。パイロットは新島《にいじま》リーナ中尉だった」

「新島は二つ上の先輩ですごく優秀なパイロットよ。いいところに配属されたわね」

「どうだか」

「気があうとかじゃない。わが身が大事で、兵隊をかえりみないパイロットだった」

「自分だったらどうした？」

ビショップは肩をすくめた。

「優先順位はちがっただろうな」

必要以上に声を荒らげてしまった。

「ごめん。詮索するつもりはなかった」

「べつにいい」

ナビゲーションパネルにもどり、記憶をたどって操作した。あるボタンに手を伸ばすのを見て、励子が止めた。

「それだめ」

「これは？」

「自爆スイッチ」

「まじか」

「特定の押し方で起動する」

ビショップは手を遠ざけた。

「この機体で敵と戦ったのか？」

「実戦は一度だけ」

「どうだった？」

励子は渋い顔ですこし考えてから答えた。

「イナゴ號は性能を発揮した。でもわたし自身も多くを学んだ。次の戦闘ではもっとうまくやる」

「つまり、下手だったってことか」

励子は笑った。

「まあ、機体は無事でわたしは生きてる。ほかに望むべくもないわ」

「まあな」

この高さからだとダラス都会の高層ビル群がおもちゃの街並みのように見える。市民生活は混沌としている。ダウンタウンはインフラの大規模改修中で、上層階全体の工事が十年も続いている。沈黙線の衝突が頻発するため、周辺部は要塞化が進んでいる。主要な住宅地には核シェルターが建設されており、高額の入居費さえ払えば豪華で高級な地下施設を利用できるらしい。

　市街のあちこちに国粋主義の標語が掲げられている。コントラストの強い色で正邪を区別する。〝天皇陛下に至誠の敬愛を捧げよう〟〝疑わしきは一報を〟〝カンザスを忘れるな〟〝一九九六年七月二日を忘れるな〟……。

　中島空港には二十分弱で到着した。周辺にはアヌビス級二機が立つ。後方にもセントリー級一機の姿があるが、稼働していないようだ。警備の許可を得て軍区画に駐機し、ラダーで地上に下りた（カタマリ級は大型メカほど内部空間やエネルギーの余裕がないため、プラットフォーム式のエレベータは装備しない）。下には数人の技術者が待機し、イナゴ號の要整備項目を励子から聞きとった。

　励子はパイロットスーツのまま空港ターミナルへ歩きだした。靴だけは歩きやすいものに履きかえている。ビショップはＺコートを設定変更してポンチョと半ズボンにした。

「またへんな組みあわせ。あいかわらず足首が細くてふくらはぎが太いのね」

言われてビショップは励子を見た。へんだという自覚がないので答えようがない。

「まわりにあわせようとしたんだけど」

「目立ちすぎ」

普通のズボンとコートに変更した。

「どう？」

励子は笑った。

「あんまり意識しないで」

軍の職員が二人を迎えた。

「S9」励子はそう呼んだ。「連絡をくれてありがとう」

「そちらは特高課の？」

S9はビショップを見て言った。あからさまな敵意はないが、歓迎してもいない。軍人はたいてい特高が好きではない。

「そうだ。みつかったものは？」

「モルモットの動く剝製数百個がはいっているはずの剝製師あての荷箱から、武器が」

「見せてもらっても？」

「もちろん」

S9のプロファイルを見ると、昨年、遠縁の従弟が特高に逮捕されている。電卓ゲームの『キャット・オデッセイ』をプレイ中に皇国に批判的な発言をした容疑だった。結果的に無罪で釈放されたが、職とソーシャル上の友人関係の多くを失った。S9が特高を敵視するのもしかたないだろう。

空港内の移動中はプロファイルの表示を停止した。さすがにわずらわしい。スピーカーからは、〝疑わしい行動を見たら報告を。用心こそ安全の鍵〟という標語がくりかえし流れている。

ターミナルをいくつか通過する途中で、励子がある建物の絵画を指さした。

「あれ、いい絵ね。わたしの好きなロナ・Lの作品よ。鮮烈で写実的」

カウアイ島で励子に連れられて画廊めぐりをしたことを思い出した。画家の特徴をうまく説明してくれたものだ。

「その画家の作品を探してみるよ」

「ついでに思想警察は一部の画家への取り締まりをやめてほしいわね」

「特高への誤解じゃないか」

「お気にいりの画家が去年二人も逮捕されたのよ」

「理由は？」

「非人道的な絵だからって」

冗談かと思ったが、強い身ぶりからすると本気らしい。あとで調べておくことにした。

それとも励子はビショップがかかわることを望まないだろうか。

倉庫にはいった。輸送される荷物がずらりと並び、レイバー級メカが仕分けを補助している。

Ｓ９にしめされた四つの箱をあけると、たしかにモルモットの剥製のおもちゃがぎっしりはいっている。励子はのぞきこんでモルモットをかきわけ、あらわれた内箱の蓋をあけた。中身は銃。そのほかに電子部品のチップと正体不明の機械部品もあった。

「載せる予定だった便はどこ行き？」励子がＳ９に尋ねた。

「ロサンジェルスです。これは？」

「ＫＬＧＯＦ‐９９２１。メカ用ＢＰＧの基幹部品よ。高価で、そもそも民間人は入手できないはず」

ビショップは驚いた。

「なぜナチスがメカの部品を送ってくるんだ？」

「それが問題ね」

「発送元は？」ビショップはＳ９に質問した。

「伝票によるとアニマルライツ活動家協会アトランタ支部。代表者はフランク・レントハウザー。大尉の要請で――」Ｓ９は励子を見て言った。「――まだ拘束していません。監視だけをつけています」

名前からすると独領アメリカの住人だ。太平洋戦争後、皇国臣民はすべて日本名で戸籍をつくることを求められた（ただしほとんどは出身国の言語でニックネームを持っている）。一方、第三帝国は姓の変更を法律で禁じた。出身民族の隠蔽を防ぎ、純粋アーリア民族との区別を明確にするためだ。

「ちょっとはずしてくれる？」励子がＳ９に言った。

「この荷物については知るべき立場にあります」

「わかってる」

励子が譲らないため、Ｓ９は不満そうにその場から離れた。

「今後の対応は？」励子はビショップに訊いた。

「押収して鑑識にまわす。内容物の詳細がわかったら、このレントハウザー氏を尋問して、必要な情報を吐かせる」

「それはどうかな……」励子は疑問視する顔だ。

「どこがまずい」

「レントハウザーが荷物の中身を知っているとは考えにくいわ。そこでほかのやり方を提案したい」

「聞こう」

「あんたは電子部品のチップを一枚だけ抜いて特高の鑑識に持ちこむ。残りはそのまま送る。ロサンジェルスに配送するまでレントハウザーの動向を追い、受け取りにあらわれた連中を根こそぎ拘束する」

よさそうな案だが、槻野がどう言うか。

「上司の判断をあおがないと」

「どうぞ」

「そっちは許可いらないのか？」

「全権委任されてるから。あんたの上司がだめだというなら独自にやる」

ビショップは槻野昭子に連絡し、励子の計画を説明した。

「貴様の考えは？」

「やってみる価値はあると思います」

「陸軍が言いだしたのなら、むこうにまかせろ。メカの部品をできるだけ確保して、本部にもどれ」

「しかし警視監、成功すれば有力な手がかりを得られます。せめて同行を――」

「配送先にメッツガーがいれば陸軍が拘束する。いなかったら貴様は無駄足だ」

「でも――」

通話は切れた。

「梯子《はしご》をはずされた？」励子がからかった。

「別件が持ち上がったんだ。そっちを捜査する」ビショップは嘘をついた。

励子はせせら笑った。

「特高にも怖いものがあるのね」

「愉快そうにしやがって」

「ええ、愉快。あんたたちはいつも権柄《けんぺい》ずくだから」

「俺はまだ新人あつかいなんだよ」ビショップは荷物を見た。「一人で大丈夫か？」

「一人で行くとは言ってないわ」

二人はカタマリ級にもどった。励子はラダーを登りながら言った。

「ひさしぶりに会えて楽しかった。短いあいだだったけど」

「こっちもな」

「この事案が片づいたら、どっかで飲もうよ。あんたの上司の許可が下りたら」

「許可なんかいらねえよ」

メカが轟音とともに去ったあと、ビショップの頭にはひっかかるものが残った。どこがどうと指摘できないが、Ｓ９が気になる。そこでＳ９の電卓の通信記録にフラグを立てた。

電卓の電源が切られていても、本人がメッツガー博士の名、または二百十種類の指定注意語のいずれかを口にしたら通知が飛んでくる。

ビショップは軍の送迎シャトルに乗り、押収した二枚のチップとともに特高のダラス拠点へもどった。

2

廃空港の一見すると殺風景な格納庫が、特高拠点の入り口だ。ダラス都会における日本の秘密警察の重要施設であることをうかがわせる標識などはない。しかしその地下四十階まで施設が隠れている。

ここが本来のエントランスだが、課員が緊急時に使える出入り口もダラス都会のあちこちに五カ所もうけられている。かつての下水溝を利用したトンネルでこの拠点とつながっている。

ビショップは中央格納庫脇のスモークガラスのドアからはいった。内部はロビーで、大きな屋内庭園に川が流れ、橋がかかっている。特高の施設を予想しない訪問者には皇国神社に見える。襲撃者に対しては、植え込みのあちこちに銃が隠れ、各種の罠もしかけられている。航空爆撃に対してもプラズマフィールドで守られるという噂だ。課員が現場活動から帰ったときに通過が義務づけられている液体カーテンも、同様の原理によるものだ。

四人の受付係はビショップを無視した。これは認証ずみだからだ。声をかけられたのは初訪問時だけで、指紋採取と網膜スキャンをやったらそれっきりだ。

四基あるエレベータの一つで地下一階へ下りて、セキュリティゲートへむかった。ロビーの庭園とは対照的に通路の壁は無機質だ。秘密主義の特高の性格があらわれている。保安検査だけを受ける課員の通常入り口と、現場活動からもどった課員専用の入り口が分かれている。ビショップは押収したチップを証拠品容器にいれて提出し、それはすみやかに運び去られた。

次は全裸になった。たたんだ服を検査装置にいれ、歩いて青い粘液質の液体カーテンを通り抜ける。体に付着した有機性の異物がこれで検査される。X線や温度スキャンにひっかからない化学物質もみつかる。通過するとすぐに温風をあてられ、粘液はすみやかに蒸発した。アラームが鳴らなかったので合格とわかり、服を着た。

拠点の内部は内臓のように曲がりくねった通路が無数にある。そのなかで課員は目的の部屋へ迷わず歩く。広いカフェテリアや訓練場もあるが、会話はすべて監視されている。

どの通路も何時間歩いてもほとんどだれともすれちがわない。課員はオフィスにこもり、捜査は電卓経由の調査（構内システムは一般の機界ネットワークから遮断されている）や検閲局からのデータ収集でこなしている。

照明は人感センサーと連動し、だれかが通りかかると点灯する。ビショップがかつて勤務した陸軍基地とちがい、トロフィや過去の褒章などは飾られていない。業務分野をしめす看板もない。殺風景な通路が連なり、一人用のオフィスと数人の課員が集まれる会議室があるだけだ。課員同士に接点を持たせないように会議は極力おこなわない。割りあてられるオフィスは定期的に変更され、この拠点以外にも市内のあちこちにある。その大半は一部の者しか知らない。

いったん自分のオフィスにもどった。地下三階の狭い部屋で、やはり飾り気がない。それでも陸軍では大部屋に全員が机を並べていたので、プライバシーがあるぶんましだ。ガラスのデスクトップには三枚の電卓画面が埋めこまれている。入室するとプロジェクタが起動し、円形に並んで点滅するメニューが表示される。十五の部門から書類の要求が来ていた。メカ部品についての初期報告書が回覧されたら、忙しさはこの程度ではすまなくなるだろう。

次にカフェテリアに行った。ここは専任スタッフが二十三人いて、調理員は許可なく施設外へ出られない。食事はすべて施設内で調理される。課員の健康維持のために新鮮な有機野菜だけを使い、化学添加物は避けている。課員は定期の血液検査で栄養のかたよりが発覚すると、補うために特別メニューが出される。

数百人分の席があるカフェテリアは陸軍とは対照的だ。陸軍では食事とは名ばかりの化学合成の得体のしれないものを食べさせられたが、特高では大事な課員にそんなものは出さない。テーブルや席は和風ではなく欧米流のデザインだが、障子で仕切られた個室もある（防音処理もほどこされている）。

ビショップはほうれんそうサラダを注文した。チーズやドレッシングはかけず、トマトとセロリがのっている。手早く食べながら、頭ではＳ９について考えつづけた。

食後は上司のオフィスへ出頭した。ビショップのオフィスよりさらに無機質だ。

槻野昭子に初めて会ったのは一年前だ。一般の警察官だった当時のビショップは、警察と裏でつながったヤクザの構成員と一悶着を起こし、署長の怒りをかって留置場に放りこまれていた。そこに槻野があらわれ、身分証を提示されたときは、とうとう特高の餌食になるのかと観念しかけた。それが特高課員採用の話だと聞いたときには、からかわれているのかと思ったものだ。

「募集に応募したのはたしかだな」槻野が尋ねた。

「はい。でも初期選考で蹴られると思っていました」

「なぜだ」

「ご存じでしょうが、父は死刑判決を受けた国事犯です。ある憲兵の虚偽の告発によって切腹させられました」

槻野課員は顔色一つ変えなかった。

「知っている。当時あたしも不当な判決をくつがえそうと手をつくした」

予想外の答えだった。

「あなたが？」

「父上といっしょに戦ったこともある。あたしにとっては心の師だ。せめてそれくらいはやる」

意外だった。父と面識があったばかりか、それを認めたことに驚かされた。

「若名将軍の名誉は回復された」槻野は指摘した。

「表面的にはそうですが、俺はいまも後ろ指さされて生きています」

「そういう相手といちいち喧嘩しているからそう感じるんだ」

「父親に国賊の濡れ衣を着せられて黙っていろと？」

「殴って解決するか？」

「いいえ。でも気は晴れます」

「若名将軍はもっとも倫理的な上官の一人だった」

「そんな賛辞を母以外から聞いたのは初めてです」

「彼が受けた扱いはきわめて理不尽だった。それときみの評価はべつだ。しかし採用されると思わないのになぜ応募した？」

「父を死へ追いこんだ憲兵を探す手がかりを得られるのではと期待したからです」

「なるほど」

「虚偽の告発をした憲兵をご存じですか？」

「知っている」

「まだ生きていますか？」

「それを知ってどうする」

「十年以上も探してつきとめられないんです」

「生きているとしたらどうする」

「あたりまえのことです。正義の裁きを受けさせます」

「その情報にどんな代償を支払う？」

「どんな代償でも」

槻野は看守に合図してビショップを釈放させた。

「彼女のところへ案内してやる。貴様のいう〝正義の裁き〟を見せてもらおう」


「若名課員、聞いているか？」

机のむこうにすわった現在の槻野に問われた。ビショップははっとして答えた。

「荷物はどうもおかしいと感じました」

「具体的には？」

ビショップは考えてから答えた。

「タイミングがよすぎるのと、密輸のやり方がずさんすぎる点です」

「本命の荷物から注意をそらすためのおとりという可能性もあるか」

「やはり偽の手がかりでしょうか」

「それを判断して報告するのが貴様の仕事だ。証拠品のメカ用電子チップについてだが、初期的な検査では古い部品らしい。最新に見せかけているが」

「機能しますか？」

「現行のメカではだめだ」

　ビショップはしばし黙った。

「励子に注意しないと。受け取り側で罠がしかけられているかもしれない」

「陸軍にまかせておけ。こちらの仕事は本命の荷物を追うことだ」

「その荷物はどこに？」

「貴様が調べるんだ。心あたりはあるか？」

　ビショップはＳ９につけた監視の糸について話した。

「ほかの空港職員も要注意だな」槻野は言った。

「過去から最近までの通信記録を調査中です。警官時代の経験でいうと、職員を買収して密輸を手伝わせるのはヤクザの常套手段です。昔の協力者にあたれば手がかりが得られるかもしれません」

「なにかわかったら報告しろ」

　ビショップは一礼して退室した。


　その晩は特高の仮眠室に泊まったが、なかなか寝つけなかった。新品のカーペットのにおいが気になる。起きて、腕立て伏せを連続百回やって、熱いシャワーを浴びて、あらためてベッドにはいった。ようやく疲労が考え事を上まわって六時間眠れた。夢はみなかった。

目覚めて電卓を手にとり、毎朝自動で流れる特高の動画メッセージを見た。朝敵による前日の犠牲者を生々しい映像とともに報じ、特高の任務の重要さを強調する。昨日の死者は八名。うち七名がナチスに殺された。特高の公式動画の最後はシンボルマークと〝警察手眼〟の文字だ。

歯を磨いてから、事情を知っていそうなヤクザに話を聞くために出かけた。

ダラス都会の東部には大きな闇市場が三つある。二つはつぶれたショッピングモール。残る一つが最大で、かつてアメリカ時代に複合型の教会だった場所だ。いまはその一部が七鷹《しちたか》という名の市場になっている。

教会としての全盛期には、複数の礼拝所、多数の講義室、四カ所の瞑想センター、改宗者用の宿泊所、各種の宗教行事に使う広場をそなえていた。外界との接触を断って司祭との礼拝に没頭したい過激な信者のための地下施設まであった。

それらの施設が、いまはすべて闇商人の店になっている。旧アメリカの産品も並んでいるが、多くは独領アメリカからの密輸品だ。ソーセージ味のマシュマロや熊肉のフライを使ったピザ味のチップスなど、ナチスのジャンクフードばかり集めた一角もある。軍用レーザーを使って皮膚の放射線熱傷痕を除去、再生すると謳《うた》うもぐりの皮膚科クリニックもある。たいていは症状が悪化するだけだ。あくどい呼び売り商人が声を張って通行人を呼びこんでいる。

「減量にお悩みのあなた！　寄生虫ロボットを試して！　一ヵ月以内に目標体重になる！」

　ビショップは盗品について調べたいとき、とくにナチスがらみの品物を探すときに、かならずこの七鷹に足を運ぶ。市警はこの市場を牛耳るヤクザからたっぷり賄賂をもらって、違法取り引きに目をつぶっている。

　人ごみにまぎれるために、ビショップはナレルZ教の信者の格好をしていた。この一派は狂信的なメカ信奉者で、メカは地球神の体現だと信じている。銀色のローブをまとう信者は忠誠心が高い。そして七鷹に大きな支部をおいている。

　ビショップの協力者の市華《いちか》も銀色のローブであらわれた。二人は信徒席に並んですわった。ビショップはいつものように追跡不能な圓がクレジットでたっぷりはいった電卓を渡した。

　ビショップの視野には市華の前科が表示される。暴行で二回、ヤクザの構成員を殴った容疑で八回逮捕されている。軽微な窃盗、不法侵入、恐喝などはスクロールさせるときりがない。

「ひさしぶりね、若名さん。今日はなんの用？」

「仕事だよ」

「警察は辞めたんじゃなかった？」

「べつの種類の警察にはいった。景気はどうだ？」

正面の祭壇にある大きなセントリー級の頭部を見ながら尋ねた。

「ぼちぼちだね。東テクサーカナのご婦人からボンデージ野球カードの注文がはいって、ミンチ・リーグの揃いのセットを送ったらいい値で買ってくれた」

市場のようすを探る会話をしばらくしたあと、時間がないので本題にはいった。

「メカの部品がナチスから送られてくることはあるか？」

市華は目を細めた。いかにも警戒している。

「メカの部品て、普通はこっちから独領アメリカへ送るよ」

「逆方向の話だ」

市華は顔を寄せて話した。

「荷物の動きは詮索しないよ。それが商売のやり方。でも、二日前に中島空港から大きな箱がいくつか運ばれてくるのを見たよ」

「送り主は？」

「貧乏人にわかるわけないね」

ビショップはまた電卓を渡した。市華が受け取らないので、画面をよく見ろとうながした。開いた市華は口笛を吹いた。

「ずいぶん気前がいいね。どこの警察？」

「質問への答えがほしい警察だ」

「こっち側の受け取りは山森組」

聞いて内心でぎくりとしたが、顔には出さなかった。

「あいつら、まだ根に持ってるよ」市華はささやいた。

「わかってる。いい商売を」

「ありがと、若名さん。あんたみたいに気前のいい客が何人かいれば、こんな生活におさらばできるのに」

ビショップは返事をしなかった。すでに頭のなかは山森組を探ることにむいていた。

二十年前、ダラス都会の一部の街区が京都の祇園をモデルに再開発された。そこには観光客だけでなくヤクザも集まる。見習い期間中の若い芸者である舞妓が通りを歩くと、観光客がいっせいに集まって電卓で写真を撮る。しかしこの光景はすでに観光客むけの見世物にすぎない。舞妓も芸者も太平洋のこちら側では絶滅している。

現代の芸者はもっと高級な地区でナイトクラブのホステスとして生き残っている。その踊りははるかに金のにおいがする。ホステスだけでなくホストもいる。人々は日陰に目をむけたがらないが、ビショップは通りを歩きながら、薬物の影響で路地で震える依存症のホステスや、信用詐欺のカモを探すスカウトを見かけた。

ビショップの行き先は山森組が経営する餃子屋だ。豚肉と浅葱《あさつき》と酢の香りが外まで漂ってくる。暖簾《のれん》をくぐると、二十三人の客のプロファイルが視界に浮かび、特高の敵国協力容疑者リストと照合される。狭い店内は夜更けにビールを飲みにきた地元客で混雑している。餃子のメニューは二十種類で、生姜、えのき茸、青紫蘇入りなどを選べる。店と客は気心が知れたようすだ。厨房の二人のうちの一人は言葉の乱暴な中年女で、名を政子という。その餃子の仕上げは揚げ、茹で、蒸しからレンジ加熱まである。

ビショップのめあてはもう一人の男で、山森組の正規組員、伍郎だ。中央を残して剃り上げた髪は赤く染めて大量のジェルで垂直に逆立てている。ランニングシャツから伸びた腕は動物の刺青でおおわれている。伍郎は政子を手伝って餃子を茹でていた。

政子はビショップを見て、冷ややかな顔になった。

「悪いね、おまわりさん。今夜は満席だから」

「伍郎と話したいだけだ」

「うちのはいま忙しくて——」

無視して伍郎に近づいた。すると伍郎はすぐに出刃包丁をつかんでかまえた。

「荏田《えだ》さんの仇め、殺されにきたのか？」

かつてビショップが山森組の組長の息子を殴って半殺しにしたことを、組員はもちろん忘れていない。

「包丁をおけ。話を——」

伍郎は耳を貸さずに斬りつけてきた。ビショップはその左手をつかみ、熱された揚げ油につっこんだ。悲鳴とともに油がはぜる。伍郎は抵抗し、あばれるが、ビショップは腕力で押さえつける。

「いくつか質問に答えればいい」

店内の客は驚いて声をあげたり、唖然としている。ビショップはバッジをしめした。

「特高だ。黙って食ってろ」

伍郎の悲鳴が続いているので、その手を引き上げた。皮膚のほとんどが焼けただれ、焼肉と海老フライのにおいをさせている。

「あんた、いつのまに特高に？」

政子が訊くのを無視して、伍郎を店外の路地へ連れ出した。

「悪いな、その手は」申しわけなく思うのは本心だが、こういう極道に言うことをきかせるには暴力しかないのも事実だ。「再生槽で温浸療法をやれば治る。質問に答えたら手配してやる。答えないなら銃で撃って根もとから切断だ。店内にもどって右手もこんがり揚げてやる」

伍郎はすなおにメカ部品の荷物の質問に答えた。さらに荷物を載せる予定の貨物機にメッツガー博士が乗る予定であることも吐いた。

軍の送迎シャトルで中島空港へもどった。上司の槻野に四回かけたが出ないので、これまでの経過を短くまとめてメッセージに残した。電卓にはＳ９の通信にしかけたフィルターが反応して通知が来ていた。暗号回線経由の通話の録音が送られてきた。

『電卓でかけてくるなんて、なにを考えてるんだ』

相手は怒った声だ。ＩＤはビショップの電卓に表示されない。

『暗号回線を使ってる』Ｓ９は言った。

『安全なんだろうな』

『このメッセージは追跡されない』

暗号が特高によって解読ずみとは知らないようだ。

『なんの用だ』

『指示どおりに特高と陸軍に偽の部品をつかませた。でも一杯食わされたと知ったら、また来るぞ』

『わかってる。そのつもりで計画を手直しした』

『どういうことだ？』

『話してもいいが、電卓ではまずい』

　通話はそこで切れた。伍郎の証言のウラがとれたことになる。時計を確認すると、ヤクザの取り引き現場を押さえるまで三十分しかない。

　危険度が高まったと判断して、励子に警告しようとした。しかしこちらも電源を切られている。メッセージを残した。

「励子、ビショップだ。手がかりを追っているところだが、注意喚起だけしておく。そっちが追ってる荷物はたぶん偽物だ。俺はべつのメカ部品を追って中島空港に来てる。新しい情報があったらまた連絡する」

　空港に着くと、電卓の地理《G》位置《L》サービス《S》で伍郎が白状した地点を確認した。そちらへむけて全力で走る。どのセキュリティゲートもバッジを提示して素通りした。行き先は空港南側の自家用機発着場だ。

応援を求めるためにふたたび槻野にかけた。今度はオペレータが出た。

「若名課員、槻野警視監はただいま対応できません。伝言をことづかっています。〝山森組にかかわるな。慎重に捜査せよ。危険になったらすぐもどれ〟とのことです」

「槻野警視監に伝えてくれ。貨物機にメッツガー博士が乗ると」

空港ターミナルを出たところで、旅客用シャトルバスをみつけた。特高権限で制御を奪い、貨物機へまっすぐ走らせた。

遠くないところに大型貨物機が見えてきた。フォークリフトとレイバー級メカが大きな荷箱を機内へ搬入している。数人のヤクザが銃を手に見張っている。メッツガー博士の実験で殺された人々のことが頭をよぎり、アクセルを踏みこんだ。貨物機に体当たりするつもりで走らせる。シャトルバスはヤクザを四人はねとばして突進したが、貨物機に衝突する寸前で急停止した。レイバー級に車体の後部をつかまれたのだ。

ヤクザの一人が車内に乗りこもうとしてきた。ビショップは拳銃を抜いて応戦する。ふいに車体が轟音とともにはげしく揺れた。レイバー級が上から車体を殴りつけたのだ。屋根があっけなくつぶれた。意識が飛ぶまえに聞こえたのは、「こいつが例の特高です」というＳ９の大声だった。

3

目覚めたビショップは機内に乗せられていた。椅子に固く縛られている。まわりの八人のヤクザからライフルの銃口を頭に突きつけられている。鉤十字の腕章をつけた兵士も二人こちらを見ている。ナチスだ。

機内はエンジン音が充満し、ほかはなにも聞こえない。貨物区画には軍用ジープ四台が固定されている。ナチスがいまだに燃料にしているガソリンくさい。密輸品を詰めた荷箱も積まれているが、中身は不明だ。

Ｚコートを着ていても寒かった。まわりの者はみな手袋をしている。吐き気がして、腹の奥がずきずきと痛んだ。なぜだろう。まわりの連中に警戒をおこたらないようにした。

二カ所のハッチは閉じられ、窓はすべてふさがれている。ほかは貨物用ドアしかない。しかしパラシュートはなさそうなので、やはり絶体絶命だ。気やすめになるとしたら、むやみに発砲すると機体に穴があいてみんな減圧死することを、ナチスもヤクザも理解しているはずというところだ。

「気がついたね」

金髪のドイツ人科学者が歩いてきた。童顔の美形に四角い眼鏡。

メッツガー博士だとすぐにわかった。近づくと三十代だとわかる。歯の半分が金歯だ。態度に傍若無人なところがあり、まわりの連中はこころよく思っていないらしい。唇は厚く、左の首すじに赤い母斑がある。

「気分はどうだい？」メッツガーは訊いた。

「最高だ」

「特高はどこまで知ってる？」

「正直ラボのこととかな」

「あそこは研究を終えて何カ月もまえに閉めたよ。ジケン計画については知ってるのかい？」

ビショップはどう答えるか考えた。まずは会話を引き延ばすことだ。そのあいだに考えればいい。正直に答えた。

「〝ウルフヘトナー〟に関係あるらしいな」

メッツガーは目を見開いた。

「ウルフヘトナーについてなにを知ってる？」

「人間を切り刻むおまえの不快《シック》な実験に関係あるということだ」

「患者《シック》を治療するのが仕事だけどね。第三帝国司令部も僕の研究の重要性をなかなか理解しない。だからこうして専門外の金稼ぎをしている。研究費を捻出するためにね。でも、ジケン計画を追うでもなく、ウルフヘトナーの詳細も知らずに、どうしてここへ？」

ビショップは単刀直入に言うことにした。

「おまえを逮捕しにきた」

「逮捕？　それはご苦労さま。そもそも僕の居どころをどうやって知ったんだい？」

ここまで真実を話しているので、一つくらい嘘をまぜても通るだろう。

「おまえの暗号メッセージを追跡した」

メッツガーは高慢な笑みで兵士に命じた。

「連れてきて」

市華と伍郎が引っ立てられてきた。床に膝をつかされる。

メッツガーは特殊な銃を取り出した。プラスチックと白い骨のような材質だ。

「生物有機化学材料の銃は未来的だね」

銃身にあたるところが透明なチューブになって、青い液体がはいっている。

市華はビショップを見ている。細めた目が恐怖で震えている。伍郎は観念した顔だ。

ビショップはメッツガーに言った。

「この二人から居どころを聞き出したわけじゃない。俺の電卓を調べろ。暗号を解読した証拠を見せてやる」

「おや、協力者を案じるとは感動的だなあ。でも本人たちはよくわかってるよ」

市華がビショップに言った。

「生きて縄を解かれるとは期待してないよ」

「すまない」ビショップは言った。

メッツガーは二人にむけて一回ずつトリガーを引いた。化学物質を注射したというより、熱した鉄板に水滴を落としたような音がした。発射体は市華と伍郎の首にあたり、皮膚を溶かして体内にはいった。とたんに顔の静脈が怒張し、石灰化して硬くなり、沈んでいった。ゆっくりと頬が陥没し、額が続く。市華の鼻と口が空洞になっていくさまを、ビショップは歯を食いしばって見た。モハーベ砂漠においた氷柱《つらら》のように頭部が分解して消えた。

メッツガーは化学銃をビショップにむけた。

「正直に言おうか。きみを生きたまま連れて帰れば山森組は高額の圓を払うと提案してきたよ。いったいなにがあったんだい？」

「山森組の息子は人をいたぶって殺すのを趣味にしていた。警察はそれを止めようとしなかった。だから俺が二度とそういうことをできないようにしてやった」

メッツガーは拍手した。

「勇敢だねえ。でも僕の手術用のメスを見てその勇敢さが続くかな。意識があるうちにどれだけしゃべってくれるかな。それともすぐに手術をはじめたほうがいいかい？」

「靴紐がゆるんでるぞ」ビショップは指摘した。

「なんだって？」

「靴紐だ」

「冗談を」

「ほんとだ」

メッツガーは下を見た。たしかに右の靴紐がゆるんでいる。部下に合図して締めなおさせた。

軽蔑的な笑みでメッツガーは言った。

「このあとの自分の運命を知ってるかい？」

「手術なんだろう？」

「もっと過酷だよ」メッツガーは銃のダイヤルをまわした。「きみの電卓のアクセスコードを教えてくれ」

「いいとも」ビショップはあっさり答えて、メッツガーを驚かせた。「ただし四時間ごとに変更される」

「かまわないよ」

ヤクザの見張りがビショップの拘束をゆるめ、メッツガーから電卓が返された。まず指紋でロック解除。続いて機界を検索して特高の秘密リンクにつなぎ、暗唱した。

「〝地獄にも知る人〟」

地獄のようなところでも知人はできるという意味だ。

さらにパスワードを音声入力する。

「９３５５０２１３５１３４４」

秘密リンクに接続したことで球状の表示が変化した。これは使用者が危険にさらされている場合にそなえたものだ。まず、アクセスしたことで特高に警告が行く。予定どおりだ。さらに無意味な情報を掲載した偽装項目が多数表示される。なりすましを手間どらせ、そのあいだに特高が居場所を追跡するためだ。しかしここは空の上なので救援は期待できない。

メッツガーは電卓を見て、さらにビショップを見た。

「本当にはいっていいのかい?」

「もちろん」

特高の内規どおりの手順だ。拘束者に有和的な態度をとり、拷問を極力避ける。課員の精神が明瞭な状態を長く維持したほうが、より多くの情報を得られる。

「僕について特高が調べたファイルを出して」

ビショップは指示どおりにファイルをまとめ、渡した。メッツガーはむっとした顔になった。

「なんだこのプロファイル写真。映りがいいのに替えてほしいな」

「IT課に申請しておこう」

「記述も不正確だ。ずさんで非効率な仕事しかできないみたいじゃないか。デトロイトの下水汚染は僕じゃないぞ」本気で怒っている。「こっちの出来事も無関係だ。それにウルフヘトナーの記述がないじゃないか」

ビショップは手の拘束を解かれたいまのうちに逃げることを考えた。

そのとき突然、貨物区画の後部で大きな爆発が起きた。冷えきった体に熱気がありがたく感じる。小さな火災とともに、下部コンパートメントの床に穴があいた。いったいなにが起きたのか。

そばにいる見張りのヤクザにむきなおり、顎に拳を叩きこんだ。肘に打撃の振動を感じる。素手の格闘は手を怪我しないように注意が必要だ。殴られた男は回転しながらむこうへ倒れ、飛んだ唾液がビショップの頬にかかった。

ナチスが大型ナイフをふりかざして襲ってきた。しかしその下腹に蹴りをいれると、あっさり得物を落とす。手の甲で顔を横殴りにし、鼻に肘打ちをいれた。生身のぶつかりあいは直接的かつ赤裸々なコミュニケーションだ。一瞬一瞬の表情が強く印象に残る。つぶれて裂けた鼻。殴られて開いた口。

ナイフを拾って両手でかまえた。新たに三人のナチスが襲ってくる。まず一人の肩に斬りつけて手負いにした。次は蹴飛ばし、最後は脚を刺して立てなくした。

しかし背後から四人に組みつかれ、ナイフを落とした。何発も殴られて、逆に奮起してあばれ、四人を投げ飛ばした。

銃声が聞こえた。だれかがヤクザとナチスにむけて銃撃している。だれだ？

ふりむくと、メッツガーが例の化学銃をこちらにむけていた。逆襲しようとしたとき、頬にチクリと刺されたように感じた。とたんに、脳が真空へ吸い出されるような感覚に襲われる。一点にむけて吸引されるような痛み。方向感覚を失った。天井と床、自分の手と足が混乱する。まばたきするとまぶたが鉛のように重くなって開かない。角膜が長く引き伸ばされる。闇は地球のまばたきか、それとも太陽がトイレ休憩にはいったのか。神も便所を使うのか。倒れる。落ちる。空から墜落する。

ふたたび目を開くと、窮地は続いていた。頬に風を感じる。後部の貨物ドアのほうへ引きずられているのだ。まだ高度二万九千呎《フィート》の上空にいる。ただし貨物機は急速に高度を下げている。

隣に女がいた。酸素マスクで顔の大半をおおい、気流から目を守るゴーグルで残りを隠している。

なぜ自分は生きているのだろうと思いながら、ビショップは訊いた。

「だ……だれだ。ほかのやつらは……」

「みんな死んだ」

女は答えた。ビショップは自分が死んでいないのが不思議で、また訊いた。

「なぜ俺は生きてるんだ？」

「生物兵器を無力化する対抗薬を注射した」

「あ……ありがとう。きみは特高なのか？」

女は笑い声をたてた。その笑い方に聞き覚えがある気がした。

「メッツガー博士は？」ビショップは訊いた。

「死者の一人になった」

背後を見てメッツガーが倒れているのに気づいた。首にナイフが刺さっている。

大きな荷箱がすべて消え去り、かわりにナチスとヤクザの死体の山ができている。おなじように酸素マスクをした数人の女たちが残りの貨物を移動させている。

「きみはブラディマリーだな」

かつてのナチスの拷問とあやうい脱出を思い出した。

「命を救われるのは二度目だ」

「秘密を守る兵士だからな」

つまり、かつてビショップがテクサーカナで彼女を守るために拷問に耐えたことを知っているのだろうか。

「秘密を守れない兵士は役に立たない」

「そうだ。だから生かして話をさせる役に選ぶ」

「なにを話せと？」

「手口も計画もお見通しだと伝えろ」

「だれに？」

「〈戦争の息子たち〉、そしてこの下手な罠のことだ」

「聞いたことがないけど、なぜその連中が罠を?」

「いつもの権力争いだ。しかしもう革命は避けられない」ブラディマリーはふいにビショップを正面から見つめた。「一人目の殺しを憶えているか?」

ビショップは初めて人を殺した乱闘を思い出した。

「憶えているようだな。いいことだ。ブラディマリーの最初の殺しは、４８９００３番と呼ばれる女だった。名前はなく、あわれにも六桁の数字のみだ。製薬会社の受付で勤務しながらナチスのスパイとして働いていた。自宅のトイレで便座にすわっているところを襲った。そのときの表情を忘れられない。用便中を狙われたことへのショックと怒りだ。その表情を見て撃つのを躊躇してしまった。そのすきに銃を叩き落とされ、格闘になった。最後は流しにあった電動歯ブラシを喉に突っこんで窒息死させた」

ビショップは想像して吐き気を覚えた。ありえない。電動歯ブラシのように大きなものが喉にはいるのか。

「帰って報告すると、上官はこう言った。〝すくなくともその女はきれいな歯で死んだな〟と」

ビショップは自分が殺した一人目を思い出した。襲ってきたナチスの男だった。人間など簡単に殺せると思っていたが、素手の戦いでは時間がかかった。男の抵抗やもがく手足が記憶に焼きついている。呼吸が止まり、顔が赤黒くなっても、まだ抵抗していた。

「きみが殺した一人目の話も伝えてほしいのか？」ビショップは訊いた。

「このナチスとヤクザの死体の山をつくったのがブラディマリーであることだけ伝えればいい」

そしてロケットパックを手にとった。

「これで脱出しろ」

「きみは？」

「心配無用だ」

「またしても助けてくれてありがとう」

「地獄で会った知人の贈り物だ」

そう言って、開いた貨物ドアのむこうへロケットパックを放り投げた。

ビショップはあわてて機外へ飛び出した。ロケットパックを追う。すでにはるか下だ。手足をたたんで頭から急降下していく。雲がじゃまだ。正面に積乱雲がいくつもそそり立っている。この高度からの墜落死は悲惨だろう。すこしでも目測を誤ればロケットパックを通過してしまう。そうなったら空気抵抗を使ってももどれない。

落ちるにつれて雲が薄くなった。風圧で目が痛い。スカイダイビングは好きではない。陸軍で落下傘降下の訓練を受けたとき、ほかの兵士たちがよろこびいさんで飛行機から飛び降りていくなかで、ビショップは不必要な生命の危険に尻ごみした。とはいえ経験として無駄ではなかった。おかげでいまは恐怖に耐えられる。こういう状況のために訓練したのだと思えば、絶望的な墜落のなかにも打つ手はあると思える。まずは筋肉の緊張を解くことだ。全身を猫のようにしなやかに動かして制御を失わないようにする。重力は逆らえない流れのようなものだ。腰を使って角度を変え、落下率を調節する。角度にして一度のちがいが数秒後には大きな差になる。

両腕を体側につけて、できるだけ体をまっすぐにした。ロケットパックが近づいてくる。下は砂漠だ。荒涼とした砂の大地。ロケットパックのストラップが左右に大きくばたついている。つかみそこねる確率が上がる一方で、目標物は大きく見える。市華の崩れた顔が脳裏に浮かんだ。特高本部にもどって報告しなくてはならない。ロケットパックとの距離が縮まり、手を伸ばした。ターボジェットユニットにもうすこしで手が届く。

突然、背後から爆発の衝撃波に押されてコースが乱れた。貨物機か。続いて長く騒々しい爆発音が響いた。姿勢が乱れる。本能的にどこかを支点にしてコースを修正しようとするが、空中では支点などとれない。

訓練を思い出した。気流に身をまかせ、全身の骨で重力を感じるのだ。あえてゆっくり呼吸して五つかぞえた。爪先とふくらはぎの緊張を意識してゆるめ、腰を弓なりにして落下を抑える。空気抵抗で速度が落ちたところで、右へ体を傾け、ふたたびロケットパックへ近づいていった。

まだ時間はあると、自分に言い聞かせた。しかし頭の隅では、じつは猶予はあまりないとわかっていた。

ロケットパックがふたたび手の届きそうなところにきた。腕を伸ばしてつかもうとしたが、まだ届かず、指がストラップをすり抜けた。ふたたび腰を曲げて速度を殺し、ロケットパックへ近づく。ストラップに手が届いた。引っかけて引き寄せ、右肩にかける。ここからは落下姿勢を乱さないように慎重にパックを装着しなくてはならない。左のストラップを左肩にかけ、ベルトを腰にまわしてバックルを締める。ロケットパックを使うのは数年ぶりだが、カーボンファイバー製の翼を展張するボタンは指が憶えていた。これで滑空できる。ついで燃料バルブに手をかける。しかし耐熱スーツなしではぎりぎりまで使いたくない。エンジンに点火するとロケットパックはきわめて高温になるのだ。

正面に見える山脈に、貨物機が隕石のように煙の尾を引いて落ちていった。

翼で姿勢を制御しはじめた。それをきっかけに、陸軍でテクサーカナ砦進攻作戦に参加したときのことを思い出した。当時の上層部は、ナチスの使い捨て兵士の大軍を阻止するにはロケットパック兵を使うのが効率的だと（シニカルな兵士の一部は〝安価だ〟とも）判断していた。ビショップが受けた訓練はわずか一週間だった。旋回Gへの対応と高度への恐怖感さえ克服できればいいというのが上官たちの考えだった。航空歩兵は海外の低賃金労働者が大量生産したロケットパックをあてがわれ、最前線に投入された。その生存率は高くなかった。ナチスの対空機銃に無防備だったというだけではない。装備の不具合が原因で多くの兵士が命を落とした。ロケットパックは故障しやすい欠陥品だった。

　しかし今回背負ったものはしっかりした感触で、配管の漏れなどはなさそうだ。地上から撃ってくる敵もいない。

　そうやって着陸軌道を目測していると、貨物機の破片が落ちてきて左の翼を貫通した。とたんに姿勢がきりもみ状態におちいった。あやつり人形のように遠心力で振りまわされる。テクサーカナの戦闘中にもこうなったことがあったのを本能的に思い出した。あのときはどう対処したのだったか。

　非常用パラシュートの放出ボタンを探り、みつけた。これを押すとロケットユニットが切り離され、安全に降下できるようになる。それには姿勢が安定していることが条件だ。しかしきりもみ状態からの脱出方法がわからない。

ビショップは深呼吸して目をつぶった。たとえ失敗して死んでも、すがすがしい死にざまだと思うことにした。数回転すると、回転が多少なりと規則的になった。そこでロケットパックのバルブをあけて点火した。背中がやけどしそうに熱いが、姿勢はまっすぐになった。タイミングが重要で、回転が落ち着くのを待つ必要があったのだ。

垂直落下の軌道に乗ったところで、バルブを閉じてロケットを止め、ユニットを切り離してパラシュートを放出するボタンを押した。ロケットユニットは放出され、パラシュートが背後で展開した。上へ引っぱられる。両肩に荷重がかかって痛い。かわりに周囲は平穏になった。これで不測の事態がふたたび起きなければ生き延びられる。パラシュートを切り裂く破片がまたしても降ってこないかと空を見上げたが、なさそうだ。

あとで取り調べを受けるだろう。なにを質問されるか。しかし心配しても無駄だ。特高本部へもどってからでいい。いまはただ生きている幸運を神に感謝した。

4

ビショップは病院の再生槽で温浸療法を受けた。傷は回復するはずだと医者から言われた。

看護師の一人から家族について問われた。

「連絡すべきご家族はいらっしゃいませんか？　リストが空欄ですが」

義妹と姪が頭に浮かんだが、わずらわせたくない。

「けっこうです」

まだ心理的に動揺していた。死ぬ寸前だったという実感があった。

昔のことを思い出した。家族を永遠に変えた電話だ。ビショップと弟は、父が将軍で戦争の英雄であることを誇りにしていた。若名将軍はGW団の脅威と戦うためにロサンジェルスに行っていた。ベトナム戦争でも三機のメカとともに出征し、当時ビショップは全校生徒から尊敬のまなざしを集めたものだ。

しかし法定休日を二日後にひかえた日に、将軍から急ぎの電話がかかってきた。音声のみで、映像はなかった。

「数分しか話せない。母はいるか？」

「もうお休みです」ビショップは答えた。

「起こせ。弟は？」

「友人宅に外泊中です。なにごとですか、父上？」

「時間がない。母を呼べ。二人に話がある」

母が起きてきた。

「そちらはまだロサンジェルスですか？」

「そうだ。留置場の責任者の憲兵が友人で、最期の電話をかけさせてもらっている。わたしは虚偽の罪で告発された。しかし命とひきかえに家族への追及はしないと約束させた。遺族年金も満額出る」

「命って、まさか」

「死刑を宣告された」

ビショップは足もとが崩れるような感覚に襲われた。有名な将軍である父がなぜ死刑に。

「いったいなぜ？」母は絞り出すように尋ねた。

「当直中の安全管理の欠如、無能力、職務怠慢など。ようするに適当な罪名をつけて失脚させたいだけだ」

「そんな」

「サンディエゴ時代から憲兵隊と確執があった。そして最近の出来事におけるわたしのやり方に、ある憲兵が機嫌をそこねて、虚偽の告発をしてきたわけだ」

「陸軍は黙って見ているのですか？」

父はむこうでだれかと話しているようにしばらく沈黙した。そしてため息とともに言った。

「すまん。もう切らなくてはいけない。ビショップ」

「はい、父上」

「わたしがいなくなったあと、母と弟を頼む。誹謗に負けるな。わたしを中傷する者が出てくるだろう。父が誠実に、信念を守って行動したことを憶えておけ。たとえそのために死を受けたとしても、信条に殉じたことを後悔しない。おまえもそのように生きろ」

「はい」

母が首を振った。

「ばかげています。承服できません」

「もう切らなくてはいけない。……すまない。いろいろとな」

「そんな、待ってください。あなた」

しかし通話は切れた。

父の声を聞いたのはそれっきりだった。まもなく若名将軍が切腹したという報道が流れた。

現在のビショップは声をかけられて顔を上げた。上司の槻野昭子だった。

「なにをぼんやりしている」

「亡霊を見ていました」

「メッツガー博士は死んだのか？」

「分身がいるのでなければ」

予備報告書を提出ずみだが、いずれ詳細な報告書も必要だろう。

「ブラディマリーがメッツガー博士を殺した理由はなんだ」

「わかりません。ただ、あれは〈戦争の息子たち〉による罠だと考えていたようです」

「ブラディマリーはどこへ行ったかわかるか？」

「見当もつきません」

「意識がもどったときには、追っていた荷物は消えていたのだな」

「そうです」

「ジケン計画についてなにかわかったか？」

「メッツガー博士が言及しましたが、詳細はわかりません。貨物機からなにかみつかりましたか？」

槻野はうなずいた。

「墜落と火災で大半が失われたが、起動可能な電卓がいくつか回収された。そこにメッツガー博士のもあった」槻野は手もとの電卓を見た。「どんな気分だ？」

「無謀で愚かだったと思います。伝言の警告にしたがうべきでした」

槻野はまたうなずいた。

「それでも本件は解決し、メッツガーは始末できた」

「始末したのは俺ではなく、ブラディマリーです。彼女を派遣してくれた皇国陸軍に感謝します。でなければ死んでいるところでした」

「それについて話しておきたいことがある」

槻野の口調が微妙に変化した。それがなにを意味するのかわからない。

「はい。なんでしょうか」

「貴様は報告書で、ブラディマリーを救出によこしたことを陸軍に感謝している。しかし彼女はすでに陸軍に所属していない」

「ではどこの？」

「不明だ。ブラディマリーは造反したと考えられる」

ビショップは驚いた。

「造反なんてありえません。俺はかつて彼女とともに戦場に出たことがあります。ブラディマリーのナチスに対する憎悪は本物です」

「その憎悪を皇国にもむけた可能性がある。それについては、あとで守川励子と話せ。外に来ている」

励子がいると知って驚いた。

「なにを知りたいのでしょうか」

「いくつかあるだろう。メッツガーの電卓から回収できた情報など」

「具体的には？」

「メッツガー博士はコサックという暗号名のナチスの兵器製造者からメカ部品を入手していた。コサックは独領側で破棄された皇国のメカ複数を入手し、ナチスの求めでその修理復元に尽力したらしい。メッツガーは入手した部品をどうするつもりだったのか不明だが、コサックなら知っている可能性がある」

「居場所は？」

「テクサーカナの独領側だ。詳細は守川大尉に訊け」

槻野は励子にメッセージを送った。すぐにはいってきた励子は憤然としたようすだ。

「どうしたんだ？」ビショップは訊いた。

「あんたの報告書を読んだ。なんですきを見てブラディマリーを殺さなかったのよ」

「すきなんてなかった。そもそも殺す理由がない。メッツガーやヤクザから殺される寸前だった俺を救ってくれたんだぞ」

「あいつは無慈悲な国賊よ」

ビショップは困惑のまなざしを上司の槻野にむけてから、続けた。

「造反者だなんて知らなかったし、俺にとっては命の恩人だ」

「弁護する気？」

槻野が口をはさんだ。

「守川大尉。若名課員は事情をまだ知らないのだ」さらにビショップに言う。「大尉が説明していないのはこういうことだ。ブラディマリーは先月、陸軍将兵四十五人を殺害し、この二日間にも新たに十数人を殺した」

「本当に？」

励子がそれに答えた。

「わたしは現場にいた。あんたとおなじく、一人だけ助命された」

「なぜそんなことを」

「造反したからよ」

「そういう話じゃない。俺が陸軍にいたころから彼女はずっと味方だった」

「いまはちがう。ただの殺し屋。それをあんたは逃がした」

「ブラディマリーを取り押さえるべきだなんて知らなかった。そもそも俺の仕事はメッツガーの追跡だったんだ」

槻野が割りこんだ。

「貴様たちは二人ともブラディマリーに助命された経験がある。過去にそれぞれ彼女とかかわりがある。協力して追跡するコンビとして最適だな」

ビショップは首を振って、励子に言った。

「ブラディマリーに腹を立ててるのはおまえだ。まかせるよ。さっき言ったように、俺は二度命を救われた。恩義がある」

「じゃああんたは敵国協力者で国賊ってことね」

「どうして白か黒に分けようとする」

「国賊認定が得意な特高のくせに」

反論しかけるビショップを、槻野がさえぎった。

「特高課上層部として守川大尉への協力を命じる。独領アメリカにこちらの管轄権はないが、今回は特例としてむこうが認めている」

「どうして俺たちなんですか？」

「過去にブラディマリーとかかわりを持つ貴様なら追跡しやすいだろうと判断した」

「特殊部隊を送ったほうがいいのでは？」

　そのほうが筋がとおる。

「送ったわよ」励子が言った。

「結果は？」

「総兵秘匿作戦隊の一班が派遣されたのち消息不明」

　皇軍の特殊部隊のなかでも精鋭中の精鋭だ。

「総兵がむかって歯が立たない相手に俺たちがなにをできるっていうんだ？」

「できるかどうかではない」槻野が言った。「これは命令だ、若名課員。守川大尉と協力し、ブラディマリーと名乗る工作員を逮捕せよ。おとなしく拘束できない場合は殺害せよ」

　ビショップは信じられない思いで苦笑した。

「ブラディマリーを殺害？　ふたたび会ったら生きて帰れるかどうかすらわからないのに。自殺行為です」

「あきれた臆病者ね」と励子。

「悪魔の化身と出会わないように用心するのは、賢明でこそあれ臆病じゃない」

槻野がさえぎった。

「守川大尉。悪いがしばらく席をはずしてくれ」

励子は憤然として退室した。

ビショップはここ数日の出来事を考えながら槻野を見つめた。

「これまでのメッツガー博士をめぐる捜査は、じつは彼が最終目標ではないのですね。本《ホン》星《ボシ》はブラディマリーだ。彼女をおびき寄せるのにメッツガー博士の銃器密輸を利用したのにすぎない」

「当初からそう見立てていたわけではない。しかし状況が変化した。コサックの部品の送り先をつきとめれば、ブラディマリーの発見につながるといまは考えられている」

ビショップは両手で顔をおおい、頬をこすった。

「ブラディマリーはナチスキラーです」

「怖いのか？」

「もちろん怖いです。しかし躊躇する理由は……べつにあります」ナチスから拷問を受けた記憶が蘇る。「俺の陸軍時代の記録は読んでいらっしゃるでしょう。彼女との作戦でどんな経験をしたか……。そして今回、貨物機の機上で意識をとりもどしたとき、俺はメッツガーと仲間の悪党たちに殺されそうになりました。そこに彼女はふたたびあらわれて窮地から救ってくれました。なのに次は逮捕しろと命じられても、すなおに従えません」

槻野の目に同情の光が浮かんだ。しかしすぐに消え、きびしい目つきになった。

「特高課員たる者、個人的価値観を忘れて皇国に奉仕する覚悟を持たねばならない」

どう理屈をこねてもブラディマリーを国賊として追うことを自分では正当化できない。といって、いまさら特高を辞めて一般市民にはもどるわけにもいかない。命令違反者として特高と憲兵から吊るし上げられる。

「炎上する飛行機から飛び降りたばかりなんですよ」

「若いんだから」

「一日くらい休ませてもらっても」

「今夜、東テクサーカナ砦の公共施設でコサックと会えるように協力者に手配させた」

東とはつまり独領だ。

「いますぐ出発しろと？」

槻野は無言。肯定だ。

「ブラディマリーは自分を地獄で会った知人だと言いました」

「悪魔の多くは堕天使だ」

「天使が天国から出るのはよほどの理由です」

「追放されたのかもな」

「ブラディマリーに殺された将兵はなぜ狙われたのですか」

「励子にも明かしていないなんらかの事情が？」

「もちろんある」

「教えてください」

「知るべき情報は守川大尉が説明するだろう。しかし現在、皇国指導層の主流を占めるにいたった組織に大尉が属していることは言っておく」

「その組織とは……」

「〈戦争の息子たち〉だ。皇国が誤った方向へ進むことを憂う愛国者集団だ」

「もしや警視監も？」

槻野は首を振った。

「〈戦争の息子たち〉については特高の資料を送信しておいた。概略だが、それ以上の詳細は極秘扱いで、あたしの権限でも読めない」

「つまり……」

「前回の警告はまだ生きている」

陸軍には用心しろという警告だ。

もはや言うだけ無駄だが、反発心がまだ残っていた。

「この任務に自分が適任だとは思えません」

「懸念はわかる、若名課員。できるだけ援護する。しかしこれは命令だ」

従うしかない。

「わかりました」

「貴様の父上からよく言われた。味方の味方は味方、味方の敵は敵、敵の敵は味方。しかし、ときには味方が敵になることもある」

「俺には味方も友人もいません」

「いいことだ」

ビショップは着替えて、病室の外で待つ励子のところへ行った。

「さっきはごめん。きつい言い方をして」励子は謝った。「この二週間、大騒動だったのよ。荷物についての警告もありがとう。聞いたときはこっちもわかってたけど、確認になった」

「いいんだ。ブラディマリーが皇国将兵を殺した話はさっき初めて聞いた。でも俺は殺される寸前で、燃える機内で目覚めたところに脱出用のロケットパックを投げてもらった。救出に来てくれたと思ったんだ。射殺すべき相手だとは夢にも思わなかった」

「特高はなんでも知ってると勘ちがいしてたわ」

「表むきそう見えても、実際はなんでも知ってるわけじゃない。それで、これからどこへ行くんだ？」

励子は背をむけて歩きだした。

「まず駅へ。闘熊《とうゆう》を見たことはある？」

「闘……熊……？」

守川励子

沈黙線

1

カタマリ級メカのイナゴ號は新幹線に牽引され、ダラス都会からテクサーカナ砦へむけて沈黙線を横断していた。守川励子は若名ビショップとともにそのブリッジにいた。イナゴ號は自動操縦になっているが、励子はスキャン画面で周囲に目を配っている。

ビショップはナビゲータ席のパネルで自分のファイルを読んでいた。〈戦争の息子たち〉の資料らしい。特高を捜査に引きこんだのは総督の意図したとおりだが、励子は賛成できなかった。ビショップがブラディマリーを殺したくないというのは、本当に個人的な恩義があるからか、それとも特高として秘密の目的があるのか。

そのビショップがふいに言った。

「なあ、そろそろ本当のところを教えてくれよ。まさかこの資料を読みとおして自分で考えろってのか？」

「本当のところって？」

「〈戦争の息子たち〉って具体的にどんな連中なんだ？」

そこからか。基礎知識だと思っていた。

「皇国をあらゆる敵から守るために戦う官僚と軍人の組織よ」

「おまえもはいってるのか」

「ええ」

「かまわないのか？」

「なぜいけないの」

「いや、だって、〈息子〉っていうから」

「一般的な語として使ってるだけで特定の性別をさしてるわけじゃない。〝戦争の子どもたち〟ってわけにもいかないから。会員の選抜にあたっては人種も性別も問わない」

「入会した理由は？」

励子はビショップにむきなおった。質問の真意を見きわめたい。

「皇国は変化を必要としていた。〈戦争の息子たち〉はそのために行動する唯一の組織だった。だからよ」

ひとまず慎重な言い方にとどめた。

「どんな行動をした？」ビショップは訊いた。

「多村総督が殺されたあと、国内の混乱を防ぐために前面に立った」

「ブラディマリーがその会員を殺してまわるわけは？」

「こっちが教えてほしい」

「あの貨物機は〈戦争の息子たち〉がブラディマリーをおびきだすためにしかけた罠だと彼女は考えていた。そうなのか？」

「そうは聞いてない。でも可能性はある」

「会員のだれかがブラディマリーを怒らせることをしたとか？」

「不満があるならそれを主張しそうなものだけど、聞かないわね。たぶん明確な襲撃理由なんてないのよ」

ビショップは首を振った。

「そんなわけはないだろう」

「だから逮捕して調べる」

「すなおに尋問に答えるタイプとは思えない」

「すなおに答えさせるのが特高の得意技じゃないの」

「ああいうのを生け捕りにするのは難しい。ナチスはもっと昔から追ってるのにいまだに拘束できてない。そもそも、おまえだって生存者だ。その場で殺せばよかったじゃないか」

「やろうとした」

「どうだったんだ？」

「今度は準備おこたりない。絶対にやる」

「復讐は心の準備だけじゃできない」

「復讐じゃない」

「ちがうのか？」

「ちがう。殺し屋を倒すだけ」

「ブラディマリーがナチスを殺してたころは放置してたくせに」

　前総督の暗殺にブラディマリーが関与したことをビショップは本当に知らないのだろうか。そうだとしたら特高は詳細に通じていないわけだ。それとも、知らないふりをしているだけか。

「よいナチスは死んだナチスだけよ」

「むこうにもおなじ言い方がある。〝ナチス〟を、俺たちをさす侮蔑《ぶべつ》語にいれかえるだけだ」

「むこうにいたことがあるの？」

「テクサーカナにな。ナチスを追って進攻した。悲惨だった。あいつら、あわてて靴を履かずに逃げてた。死体はみんな素足だった。ほかの兵士が靴を盗むんだ。多村総督の停止命令がなければあのまま追いつづけていたはずだ」

憤懣《ふんまん》やるかたないという口調だ。

「兵士にとっては過酷ね」

「過酷なのは慣れてる。前線はそれ以上だった。こっちも戦死者が多数出た。どこまでも掃討を続けて、大陸からナチスを追い出していたら、それでも意味はあっただろう。ところがテクサーカナの半分から撤退させられ、それどころか参謀本部は西半分も放棄しようとしていた。なにもかも無駄となったらそれこそやりきれない」

「どこの部隊にいたの？」

「陸軍のロケットパック隊だ」

「炊事兵かとなんとなく思ってた」

ビショップは苦笑した。

「そうだったら、いまごろここにはいない」

「どうしてた？」

「まだ結婚してただろう。子どももいただろう。そしてレストランを経営してた」自嘲と悲哀の声で言った。

「その暮らしにあこがれてるのね」

「失った過去にあこがれるのは愚かだ」

「弟とレストランをやると高校時代から言ってたわね」

「そうだ。でも弟はテクサーカナ郊外で死んだ」

「ごめんなさい」

「いいんだ。おまえはメカ設計者になりたいと言ってなかったっけ？」

「なったわ」

「ポストの空きがなかったのか？」

「まあ、そんなとこ」

あいまいな答え方にしておいた。

「あれから何年もたったのに、いまだに十八歳のガキのころとおなじ場所に二人ともとどまってるって、いいのか悪いのか」

「おなじ場所？」

「迷う場所だ。どっちへ行ったらいいかわからず、とらえどころのないだれかを追っている」

「十八歳のときに追いかけた、とらえどころのないだれかってだれよ」

「俺たち自身さ」

励子は首を振った。意味するところが気にいらない。

「ブラディマリーとは大ちがいね」

走行時間は長くなかった。目的地が近づくと、励子は切り離しプロトコルを電卓から新幹線へ送り、駅が見えてきたあたりで実行された。イナゴ號がむかう入り口はUSJ駐屯地にある軍用ゲートだ。東テクサーカナへ行く軍用車両はすべてこのゲートで必須の許可証を提示する。

慣れ親しんだイナゴ號の操縦系は快適だ。なにもかも直感的で、考えなくてもメカの進路を修正できる。サラマンダー・システムのジェル槽にはいっているおかげで痛みもない。

路上のなにかの残骸をよけて、天気を確認した。

テクサーカナ駐屯部隊は山崗将軍が昇進まで指揮していた。後任の司令官、降屋《ふるや》将軍は、十八人のナチス兵士を素手で絞め殺したという逸話の持ち主だ。もちろん〈戦争の息子たち〉の忠実な会員であり、励子には早々に通行許可を出している。

西テクサーカナ砦には五十機以上のメカが配備されている。警備上は有用だが、兵站的には悪夢だ。皇軍進攻前はドイツ領だったので、メカの集積地をささえる整備資源がない。後方から輸送してくるしかない。

基地内を通過しながら、初めての場所なのに励子は既視感をおぼえた。バークリーのメカタウンで基地の見取り図をいつも見ていたからだ。メカ用施設を新設する大規模工事現場を眺めていると、設計者の感覚が蘇ってくる。最高機密の試作機を格納する大型ドームが四棟。そのうち二棟はもとの地形を利用しきれていない。太陽エネルギーの利用構造も煮つめが甘い配置だ。ドームの外ではアヌビス級とリバイアサン級が何機か修理中だ。飛行場ではジェット機とティルトローター機が忙しく離着陸している。イナゴ号に気づいた将校が何人か軽く敬礼してくる。あとで挨拶に行かなくては。

「ここは何年ぶり？」

励子はビショップに訊いた。

「西テクサーカナには去年も何回か来た。でも基地にははいらなかった。俺のころよりはるかにでかくなってるな。三倍近く拡張されてる。当時はむきだしの地面にテントを並べただけだった」

「懐かしい？」

「懐かしいわけないだろう。こんなところに長居するくらいなら地獄がましだ」

「そんなにひどかった？」

「兵舎にはトイレがなかった。夜中に屋外便所へ行くと、そこを専門に狙うナチスの狙撃手がいた。就寝中に尿意で目が覚めたら、用たしも命がけだった」

ビショップは工事現場で働くレイバー級を指さした。

「ここは撤退予定じゃなかったのか？」

励子はそれを見た。合意があろうとなかろうと、占領した土地から唯々《いい》諾々《だくだく》と撤退する軍隊はこの世にない。当然だと心から思った。

「さあね。ＵＳＪ参謀本部に訊いて」

「訊いたら答えるかな」

まじめに考える口調なので、あきれて顔を見た。

「あんた特高なんだから一番よく知る立場じゃない」

「あとで電卓メッセージで質問しておこう」

「特高になら真の計画を教えるかもね」皮肉っぽく言った。

「おまえは聞かされてるのか？」

「断片的に。教えられるのは必知事項のみ」

「ブラディマリーについての資料を探してるんだけど、ほとんど機密扱いか、存在しないことになってる」

　総督に口添えを頼めるかもしれない。

「テクサーカナから帰ったら協力してあげられるかもしれない」

「へえ。つてがあるのか」

「探してみるわ」

　基地を半分ほど通過したところで、ほかとは外見の異なるメカをみつけた。大柄で重量感があり、全長に匹敵する巨大な融合剣を持っている。

「あのメカは？」ビショップが訊いた。

　励子は見てすぐわかった。

「ゾンビ號よ。降屋将軍の専用機」

「あの剣はさすがにでかすぎないか」

「初期設計ではさらに二割五分も大きかったのよ」

そこへ降屋将軍の副官からテキストメッセージが着信した。

『捜査の幸運を願う。問題が起きたら連絡を』

『実際に問題が起きた場合はどうすれば？』返信した。

『沈黙線のこちら側へもどれ。対処する』

『感謝します』

励子はやりとりを終えた。言葉の応援はありがたいが、意味するところは明白だ。沈黙線のむこうにいるあいだ降屋将軍の救援は期待できない。

二人は基地を出て、ナチス領への道を進みはじめた。近づくにつれて高い壁が迫る。追加工事でかさ上げされている。壁には囚人が何人も吊られている。体にフックをかけられているが、まだ息があり、むらがる蠅や鳥に抵抗している。

情報によれば、ナチスはヒトラー像を再建しようとしている。皇軍メカの拳で叩き壊された先代より、もっと高く大きな像を建立するつもりらしい。

三機のバイオメカが近づいてきた。いずれも全長約九十米《メートル》。釜で煮える油のように皮膚が流動している。

「なんべん見ても醜悪きわまりないな」ビショップが言った。

励子はバイオメカをスキャンした。カンザスにあらわれたものとは異なる。筋肉量が多く、より人間に近い姿をしている。リバイアサン級が対バイオメカ性能を証明して以後、ナチスは皇国技術をとりこんだ改装をはじめた。突然変異した腫瘍細胞の皮膚を、鎧でおおいはじめたのだ。胸、脚、腕の要所を赤い鉤十字を描いた装甲板で守っている。

「守川励子大尉だ」

音声のみのモードにしたコミュニケータでバイオメカに呼びかけた。総督室の手配で、駐東テクサーカナ大使発行の査証を持っている。特殊な手続きではないはずだが、行く先々で身許を調べられた。

「自分と若名ビショップの適切な査証情報を送信する」

「貨物の積載は？」

「絵画を数枚いれた箱が一つ」

バイオメカの一機が近づいてきた。

「大丈夫か？」ビショップが励子に訊いた。

「なにが？」

「震えてるから」

「それは座席のほう」

励子は武装のトリガーを引きたい衝動に耐えていた。

「若名ビショップは軍人か？」　質問が来た。

「いいえ。陸軍は退役している」

励子は用意した説明をした。

「訪問の目的は？」

「当地の知りあいと会って闘熊を観戦するため」

「それだけか？」

「ええ」

答えながら、頭では苛立ちながら考えた――それだけでないとしても、だからなに？

こっちは査証を持ってるんだから通せ！　じゃまだ！

「道からはみださないように運転しろ、ゴミ収集車」

バイオメカは侮蔑的に言って通話を切った。

「そっちこそ収集されないようにね、ナチスのゴミ」

励子は言い返したが、相手には聞こえていない。

バイオメカ三機ににらまれながらゲートを通った。

カタマリ級ではバイオメカに歯が立たないとわかっているが、戦いをいどまれたら受けて立つ。かつてのカンザスの光景が脳裏に蘇った。いま独領アメリカにいる自分が信じられない。

東テクサーカナ砦の最初のエリアは廃墟ばかりだった。見かけるのは檻と戦車と兵士。そして警戒に立つバイオメカだ。二人の男がパン切れを奪いあっていた。自動拡大機能を使うとパンは腐ってウジが湧いている。

「東テクサーカナに来たことは？」

励子が問うと、ビショップは首を振った。

「基地からじかに戦場へ出てたからな」東側の市街地を見まわす。「アメリカ時代のテクサーカナはどんなとこだったんだろう」

「小さな町だったはずよ。国境の町になってからナチスが拡張した」

「暮らしは？」

「金持ちには住みやすいでしょうね」

円形闘技場は遠くないところにあった。侵攻作戦時に破壊されなかったのは山崗将軍の判断のおかげだ。現代的な建物や高層ビルが建ちならぶダラス都会にくらべると、東テクサーカナは古めかしい。住宅と農家と軍事工場しかない。

「スモッグがひどいな」ビショップが言った。

大気汚染の原因は工場群が吐き出す煙らしい。

「いまだに化石燃料をエネルギー源にしてるのよ」

「時代がかってるな。ここでだれと会うんだ？」

「協力者のルドー。彼がコサックとの面会を手配してくれる。買い手の情報をなんとか聞き出したい」

「代価はなにを？」

「交渉してみるまでなんとも。知りたいのはＵＳＪ臣民の名前だから、ふっかけてこないと思いたいけど」

「ＵＳＪに潜伏したナチスかもしれないぞ」

「いずれにしてもかならず聞き出す」

真剣さにビショップは驚いたようだが、詮索はしない。

「ルドーってのは陸軍の情報員なのか？」

「いまはね。じつは元特高課員」

「元？」

「馘《くび》になったのよ」

「なにをやらかして？」

「電卓スキャンで知りえた情報を濫用、懲戒解雇になった。それを陸軍がよろこんで拾った。彼が送ってくるナチス情報は質が高かったから。ただし本人はギャンブル中毒。だから動向には注意している。金ほしさに高額報酬でナチスに釣られかねないから」

「貴重な情報をありがとう」

「どういたしまして。そちらからも情報を提供してくれていいのよ」

「あったら教えるよ」

「わたしの個人情報も電卓スキャンで丸裸なんでしょう？」

特高課員はどこまでお見通しなのか純粋に興味があった。

「丸裸ってことはない。政府高官と現役軍人は検索対象から除外されてる」

「嘘じゃないでしょうね」

「おまえに嘘はつかねえよ」

それはどういう意味か訊こうとしてやめた。

「ここにいない人の情報もわかるの？」

「相手によりけりだけど、いちおう」

だったら知りたいことがある。

「探してる友人がいるの。名前は嶽見ダニエラ。数カ月前から行方不明。居場所をなんとか調べられない？」

ビショップは首を振った。

「任務に関係ない個人情報の検索はしない」

励子は食い下がった。

「安否だけでも。それだけわかればいいわ。あちこち訊いてまわったけどだれも消息を知らないのよ」

「教えてやりたいけどできない」

「特高の倫理規定？」

「ちがう。電卓が働かないんだ。接続できない」

励子は自分の電卓を確認した。

「機界接続が妨害されてるみたいね」

「沈黙線からそれほど離れてないのにな」

「ええ。でもナチスの妨害電波はあちこち出てる」

円形闘技場に着いた。イナゴ号は警備の命令で数粁《キロ》手前で停止させられた。励子はサラマンダー・システムから出た。スーツの粘液はすぐ乾く。その上からカーゴパンツを穿いてジャケットをはおる。さらに装備品のユーティリティベルトをつけて機器を点検した。

年々重くなるが、どれも必要不可欠だ。電卓の機能を拡張してスキャン範囲を広げ、暗所を明るくする装備。さらにイナゴ號に緊急搭乗するためのフックとケーブルもある。

「大荷物だな」ビショップが言う。

「どんな任務にも携行するアクセサリー類よ」

「歯ブラシもか」

「ええ、歯ブラシもドライヤーも口紅も」皮肉っぽく答えてやった。

「冗談だよ」

「銃は持った？」

「もちろん」ビショップは南部式熱線銃を抜いてみせた。「指向性エネルギー弾の自動装填。標的脆弱部の判定機能や、動きや周辺危険物の補正機能を持つスマート照準インターフェース」

「ごたいそうだけど、特高の標準支給品？」

ビショップはウィンクした。

「じつはちがう。そっちはどんな武装を？」

励子は太陽エネルギー式レーザー銃をしめした。リコイルは最小限。排熱の大幅改良で、連射を続けてもやけどしない。

ビショップは感心したようすだ。

「大きくてかさばるレーザー銃ばかり見てきたけど、こいつはいいな」

機外へ降りた。灼熱の外気につつまれる。シャトルを待ちながら、ビショップが首すじの汗をぬぐった。

「やれやれ、地上の地獄を再訪か」

励子は首を振った。

「地獄はもっと暑い」

「体験者らしい口ぶりだな」

励子はにやりとした。

「お望みなら案内するけど」

「けっこうだ」ビショップは円形闘技場を見上げた。「アメリカ時代から闘熊の殿堂だったのか？」

「ナチス侵攻以後よ」

「どんな見世物なんだ？」

「読んだかぎりでは不愉快で退廃的で不道徳」

「それは闘熊か、ナチスのことか？」

「いい質問ね」

シャトルが来て、二人を乗せて巨大な円形闘技場にはいった。内部はいたるところに鉤十字の旗がかかげられ、壁は暗い赤で塗られている。観戦者の大半が銃をホルスターで携行している。小学生の団体もいて、全員が防弾ベストをつけている。引率の教師は機関銃を吊っている。クロークルームではコートだけでなく、アサルトライフルやバズーカのような大型の武器もあずけられる。ナチスの兵士の一人がスコーピオン短機関銃を出しながら、係員を脅していた。

「俺の愛銃に傷一つつけたらおまえの命で責任とってもらうぞ」

頭上には凶暴そうな熊がホロ映像で投影され、観客に牙をむいている。

「これが独領アメリカで最高の人気を誇るスポーツよ」励子は奥をしめした。「あれが今日の協力者」

知らない男が近づいてきた。金髪を短い角刈りにし、金色のサンバイザーをかぶっている。毛皮のコートは胸に大きな銀色のエンブレムがつき、手にしたライフルにもダイヤがちりばめられている。

「ルドーだ。以後ご懇意に願いたい」慇懃《いんぎん》にお辞儀する。「きみらの武器はそのちっちゃい拳銃だけか？」

「大口径の銃が必要だったか？」ビショップは訊き返した。

「テクサーカナはどこでも武装が必須だ」ルドーはにやりとして、ビショップの肩を快活に叩いた。「前職のお仲間はひさしぶりだ。新人かい？」

「そうだ」

「特高課員の役得は、恒久的なスキャン除外リストに載っけてもらえることだ。きみの電卓で俺の情報が読めないのはそのせいだ」

「そもそも電卓がここでは機能しなくてね」

「俺の退職理由は聞いたか？」

「ああ、解雇理由は聞いたよ」

「恐喝した相手は相応の悪人ばかりだった」

「一方の釈明として聞いておく。詳細は関知しない」

ルドーは笑った。

「特高らしくないセリフだな」励子に目をやって続けた。「お二人さん、闘熊を見たことは？」

二人とも首を振る。

ルドーは顔を輝かせた。

「ちょうどいい。今夜はグルゲが出る。負け知らずの野獣だ。二人とも心臓が弱くないだろうな」

「なぜだい」

「残酷きわまりないからさ。今夜の対戦はとくにな」

ルドーはずらりと並んだホロ映像の熊を指さした。

励子は周囲からビショップに集まる視線に気づいた。はじめは偶然かと思ったが、やはりじろじろ見られている。居心地悪い。ルドーも気づいている。

「見られても気にしないことだ。非白人なのに鎖につながれてないのがめずらしいんだよ」

「どうして非白人は鎖を？」ビショップが訊いた。

「普通は奴隷だからさ」

「ナチスが夢みるアーリア人だけの世界か。夢が実現したら、そのあとはどうなるんだろうな」

「ヨーロッパとおなじことが起きるだろう。次は貧乏人が奴隷にされる。その次は宗教の信徒。さらに性倒錯者や不純思想の持ち主。だれでも奴隷の基準にあてはまる。人種じゃないんだ。はなから関係ない」

奴隷の一人が運んできたビールが注文とちがったらしく、高慢そうなドイツ人の軍人から殴打されていた。この場で殺されないのをありがたく思えと声高にののしられている。まわりのドイツ人は見むきもしない。

励子はそちらへ足を踏み出しかけた。それをルドーが止め、首を振った。

「やめときな」

「なぜ」

「手を出せば確実に奴隷は殺される。あんたはこの闘技場から叩き出され、西テクサーカナへ強制送還だ」

「ナチスの類型そのままだな」ビショップが言った。

「こんなのを類型とはいわないわ」励子は言った。

奴隷はアジア系で、三十代か四十代。首に鎖をつけられ、黙って殴打に耐えている。

励子は目を閉じて深呼吸し、自分に言い聞かせた。任務を思い出せ。騒ぎを起こすのに適切な場所でも時間でもない……。

奴隷は胸を強く蹴られた。

「東洋人の奴隷はだめだな。役に立たん！」ドイツ人の軍人は怒鳴っている。

ルドーはビショップを相手に話題を変えた。

「槻野昭子はどうしてる？」
「面識があるのか？」
「昔からな。あいつは人殺しの達人だ。同僚か？」
「上司だよ」
「上司ぃ？」ルドーはあきれた顔をした。「あいつが管理職とはな。まあ、そりゃそうか。昔、十数人のテロリストを殺すのに……。おいおい、なにやってる」

ナチスのほうへ歩きだした励子にルドーは言った。

励子はつまずいたふりをして軍人に体をぶつけ、タイミングよくその頭を押し下げた。顔面をコンクリートの床に強打して軍人は意識を失った。

「あら、ごめんなさい」

奴隷に小さくウィンクして、もとの場所へもどった。

ルドーは地団駄を踏み、声をひそめて警告した。

「奴隷のために俺たちの命まで危険にさらす気か」
「大丈夫よ。気がつくまでに行方をくらませるから」

ルドーは驚いた表情から、あきれて愉快そうな顔に変わった。

「たいした肝っ玉だ、守川大尉」

「肝はあるわ。玉は願い下げ」

エスカレータで上がり、南ゲートからアリーナにはいった。中央は相撲の土俵に似ているが、プラットフォームに載って空中に浮いているのが大きなちがいだ。アリーナをかこむように配された大型の電卓ディスプレイでは、現在の入場者数を一万二千二百九人と流れるテキストで伝えている。各ゲートの上にはドイツ語の警句のようなものが大きな文字で刻まれている。

「なんて書いてあるんだ？」

ビショップに訊かれて、励子は翻訳してやった。

「〝霊的理念を剣にて絶やせるのか？〟――ヒトラーの『わが闘争』の一節よ」

「読んでない。退屈そうだ」

「フランスに一年留学したときにカリキュラムにふくまれてたわ。五巻全部読まされた。『わが闘争』『わが蜂起』『わが勝利』『わが平和』『わが芸術』」

「ヒトラーが画家だとは想像がつかないな。うまいのか？」

「ルーブル美術館にヒトラーの絵だけを集めた別棟があるんだけど、フランス・ルネサンス隊のメンバーがペンキで塗りつぶしてしまって、もとの絵はわからなくなってる」

「復元すればいいだろう」

「学芸員は警備の不備を認めたくない。ナチスの将校はペンキもヒトラーの意図かもしれないと思って告発できないのよ」

ビショップは失笑した。

「似たような話を昔、聞いたことがあるな」

予約したボックスシートはアリーナより一つ上のフロアにあった。八席の個室だ。下の客席がよく見える。客の大半はビールで酔って騒いでいる。ナチスの軍服も見えるが、多くは一般市民だ。赤いレザー、ベルベットのスエットスーツ、レギンス、スポーティな髪型などが見える。ステージに上がった演奏隊はゆったりしたトーガをまとい、トランペットを吹き鳴らした。闘熊のはじまりだ。

「ずいぶんでかい熊だな」ビショップが言った。

ルドーがビール片手に説明した。

「攻撃的で恐れ知らずの性格になるように、誕生前から遺伝子をいじられている。トレーナーは成長ホルモンを投与して通常の二倍の体格に育てる。仔熊のときからワイヤで吊って空中戦に慣れさせる。額に装置がついてるだろう。専用の神経強化装置で、本能を刺激し、大量のアドレナリンを出させる。残忍さには報酬を、臆病さには罰をあたえる」

第一戦から凄惨だった。熊は対戦相手の体を次々と食いちぎった。どちらも全長三米《メートル》かそれ以上で、巨体が空中に浮いて戦うのは曲芸的だ。旋回し、突進し、攻撃する。観客は興奮し、叫び、必殺の一撃を求める。試合はベルモイヤという熊が腕を切り裂かれて血染めになって決着した。

「ご感想は？」ルドーが尋ねた。

「前代未聞だ」

ビショップは熊がたがいに牙を立てるのを見ながら答えた。一頭が肩の肉を食いちぎられている。

「それは気にいったという意味か？　正直に答えていいんだぜ。電波妨害装置を使ってるからナチスに聞かれる心配はない」

「動物虐待よ。反吐《へど》が出る」励子は言った。

動物がやらされていることも不快だが、この残虐行為を夢中で観戦し、ビールをがぶ飲みし、浮かれ騒ぐ観客にさらに嫌悪感をいだいた。

「反論はしない」ルドーが言った。「最強の闘士はグルゲだ。なにしろ三十二連勝中だ。小さな国境の町で、ほかに娯楽がないから過激だ。あとの試合ほど凄惨になって、死ぬまで戦わせる。それどころか、なかなか死なないように大量の薬物を注射するんだ」

ルドーの言うとおりだった。熊の肉片が客席まで飛んできた。二頭の熊は場内のあちこちに飛びながら戦う。励子の顔にも血まみれの肉片が落ちてきた。ルドーはタオルとアルコール入りのナプキンを渡した。場内の観客は興奮し、熊の荒々しい一撃ごとに叫び、歓声をあげる。

「ナチスらしい娯楽ね」励子は嫌悪と不快感をあらわにした。

「慣れるとやみつきになるぜ」とルドー。

「慣れたくないわ」

「大自然は残酷だ。ナチスはその現実を受容し、恐れない」

「こんなものは現実の受容じゃない。醜悪さを強調し、極端化して、金儲けの見世物にしてるだけ」励子は手負いの動物から目をそむけて尋ねた。「コサックはどこに？」

「もうすぐ来る」

「どんな人物？」

「彼女は第三帝国でもトップクラスの熊調教師。そして富豪だ。本物の城を所有し、メッツガー博士に個人的に資金援助していた。第三帝国とも関係が深い。芸術科学国家賞を三回、国家への貢献を表彰する鷲盾賞を二回受けている。独領ではとても名誉な賞で、毎年のニュルンベルク党大会で授与される。帝国文化院の役員もつとめている」

「帝国文化院というのは？」

「文化活動を統制する機関だ。独領アメリカの市民生活で芸術は大きな役割をはたしている。芸術家階層は第三帝国で唯一、納税を免除されている」

「初めて知った」

「ナチスが非アーリア人の活躍を認めているのは芸術分野だけだ。コサックと取り引きするなら美術品がいい」

「コサックはメッツガーの死を知っているの？」

「たぶん知ってる。尋ねてみればいい」

ちょうど懐のコミュニケータが鳴って、ルドーは立ち上がった。

「いま着いたらしい。ロビーへ迎えにいってくる」

ボックスシートから出ていった。

励子はビショップに尋ねた。

「熊の戦いを楽しんでる？」

「見てない。観客を観察してる」ビショップは答えた。

「どんなふう？」

「あそこにスキンヘッドの集団がいるだろう。頭に日本語を刺青してる。その一人が字をまちがえて、〝私は名誉ある馬鹿者で、便所で小便を犠牲にします〟という意味になってる」

励子は大笑いした。

「あんたが教えてやる？　それともわたしが？」

闘技場の大型ディスプレイには試合のあいまに広告が流れた。まもなく開幕する闘鰐《わに》シーズンの通しチケット。炎を噴き出すチェーンソーの新製品。人気の熊闘士のおもちゃは手足が着脱式だ。小学生の観客むけには最新式のキッズ拳銃が宣伝されている。四十五口径のグリップを小型化したもので、〝悪の帝国からやってくる東洋人の殺し屋〟に対して自衛しようと謳っている。

広告さえ吐き気をもよおす。

ビショップが訊いた。

「交渉にむけて腹づもりはあるのか？　それとも出たとこ勝負か？」

「コサックとの交渉は十八の条件でシミュレーションした」

「そのうち俺たちが死ぬケースは？」

「四つ」

「それ以外にしてくれ」

「相手の出かたしだいよ。彼女の興味を惹きそうな絵画を何枚か載せてきた」

「どんな絵だ」

「去年、サクラメントの画商が画家を四人誘拐して地下スタジオに監禁し、文字どおり死ぬまで描かせた出来事があったわ。飢餓と睡眠不足による絵の変化を画商は克明に記録した。そして、できた絵をナチスのある画廊へ送ろうとしたところを、途中で押収した」

「その絵を取り引き材料にするのか」

　励子はうなずいた。

「ナチスの芸術は死の芸術だな」とビショップ。

「ナチスでなくても芸術は死のにおいがするものよ」

「それでも絵が好きなのか」

「ええ」

「高校時代は授業中によくメカの絵を描いてたな。最後は講堂に大きな壁画を描いた」

「よく憶えてるわね」

「迫力あるバークリーの戦闘だったよ」

　ルドーがコサックと三人の護衛をともなってもどってきた。コサックは濃い色のサングラスをかけた痩せた四十代の女だった。イギリスとオランダ系の顔立ちに、鳶色のまっすぐな髪。高級なミンクのコートのおかげで顔が白い綿毛にかこまれているように見える。

ルドーはボックスシートの前面にスモークガラスを立ち上げ、外からのぞかれないように、話し声が漏れないようにした。

コサックは言った。

「特高に一度会ってみたかったのよ。用件はわかっているわ。先にそちらの取り引き材料を提示してちょうだい」

メッツガーのことを訊かれると思っていた励子は、順序を前倒しして話した。

「画商のリルム・ベイリーから没収した商品です」

コサックは表情に出さなかったが、ぴくりと動いた指先に興奮があらわれている。

「ものを見られるかしら？」

励子は電卓を相手にむけた。画面にはすでに絵が表示されている。喰らいあう二頭の凶暴な熊がおどろおどろしい筆致で描かれている。スワイプすると、次は熊が熊をグリルで調理する場面。そのあとも熊の絵が続くが、しだいに絵具をランダムに画布に塗りたくったようになっていく。強い色彩のコントラストのなかにかろうじて熊らしい輪郭が見え隠れする。

「これらの絵が手もとに届く保証があるのかしら」コサックは訊いた。

「そちらの情報に交換価値があると保証できますか」励子は訊き返した。

「信じてほしいわね。価値はある」

「絵の半分をメカに積んできています。それをお渡ししますが、先にメカ部品を送っている相手の名前を教えてください」

「まず絵がほしい」

「こちらは約束を破ったらこの闘技場から無事に出られない立場なのですよ」

　コサックはすこし考えてから、話した。

「渡部プリスよ」

　励子はショックを受けたが、すぐに表情を消した。コサックに気づかれたら交渉上の立場が弱くなるからだ。しかし遅かった。

「信じがたいでしょうね。そちらの国で最高のメカパイロットの一人が反逆をくわだてているなんて」

「個人的な用途かもしれません。自分専用のメカを組み立てているとか」

　コサックは嘲笑した。

「わざわざ密輸部品を使って？　ずいぶん好意的な解釈だこと」

　たしかに。

「用途をお聞きですか？」

「わたしも興味を――」

突然の銃弾の雨がガラスを破った。励子はビショップに飛びついて床に伏せさせたが、ルドーとコサックは遅かった。暗殺者は二人を十数発の銃弾で穴だらけにし、下のフロアに飛び降りた。

「いまのはだれだ？」とビショップ。

励子は慎重に顔を上げて、割れたガラスごしにのぞいた。見えたのは赤褐色のチュニックを着た青い髪の男。一挺のアサルトライフルをかかえている。そして〈戦争の息子たち〉の会員とおなじ種類の能面をつけている。

突然の銃声に観客席から警戒の声があがった。

「ブラディマリーとはちがうな」ビショップが言った。

「ゲシュタポによる抹殺？」励子は二人の死体を見た。

「つかまえればわかる」

中央のステージでは、まだ吊り上げられていない二頭の熊が戦いの準備をしていた。暗殺者はその熊にむけて撃った。すると一頭の拘束具が壊れてはずれた。

リッパーという名のその熊は、突然解放されてとまどっていたが、ゆっくりと前進して自由の身であることを確認し、まず調教師を襲った。凶暴な野生獣のリッパーはまわりの人間たちより圧倒的に大きい。茫然としている最前列の客に突進した。十代の子ども二人をなぎ倒して、大人の男の顔面に嚙みつき、振りまわす。

驚くべきことに闘技場のだれも逃げようとしなかった。ショーの一部と思って興奮し、歓声をあげている。

励子は装備品ベルトからワイヤを出し、フックを椅子の脚にかけた。ビショップに言う。

「しばらくこの椅子にすわってて」

「なにする気だ？」

指示どおりに腰を下ろしながらビショップは訊いた。

「ちょっと近道」

励子はワイヤをくり出しながら飛び降りた。ビショップはフックのかかった椅子を尻でかろうじて押さえる。励子はすみやかに下のフロアに降り立った。

暗殺者は近くにいる。励子は拳銃を抜いてその脚を撃った。男は倒れたものの、すぐに起き上がった。なんらかのアーマーをつけているらしい。それでも義足でなければ負傷したはずだ。

励子は二発目を撃とうとした。ところが視界の隅に、こちらへ突進してくる巨大な影が見えた。リッパーだ。観客席の三人がはじき飛ばされて重傷を負った。

励子はその座席列から飛びのき、かろうじて突進をかわした。観客たちはようやくリッパーが暴走状態であることに気づいたようだ。ホルスターから銃を抜いて撃ちはじめる。四方八方から銃弾が乱れ飛ぶ。大半は熊にあたらず、むしろ逃げまどう人間たちを誤射している。撃たれた観客の悲鳴が響く。もはや熊より流れ弾が危険だ。怒った客同士の銃撃戦に発展している。

励子は暗殺者を探した。べつの出口へ走っているのが見えた。ほかの観客たちもパニック状態になり、本能的に出口へ殺到している。

そんな人間の波に逆らってビショップがやってきた。

「なにぐずぐずしてたの」

「警備員がいれてくれなかった。犯人は？」

「あそこから出た」

励子は出口を指さした。二人はそちらへ追った。

「渡部の名前が出るのを待って撃ったのか、あるいは直後だったのは偶然なのか」ビショップが言った。

渡部プリスがナチスからメカ部品を密輸入し、ブラディマリーと協力関係にあると暴露されて、励子は銃撃戦とはべつのところで愕然としていた。

「さあね。すくなくとも今日の面会予定が漏れてたのは確実」

「だれが漏らしたんだ」

考えている暇はない。暗殺犯は駐車場に走っていく。二人はあとを追った。

闘技場を出たところで、機関銃の連射が聞こえた。駐車場のまんなかに三脚無人地上車《UGV》、通称トライウォーカーがいて、ナチスの兵士と駐車車両を攻撃している。戦車なみの装甲と、毎分数千発を発射するＪ２９０機関銃《ミニガン》を二門そなえる。全高八米《メートル》で三本の多関節アームをはやし、三本脚で歩行する。

そんなトライウォーカーがナチスの装甲兵員輸送車とその兵士たちと交戦している駐車場のむこうで、暗殺犯がティルトローター機に乗りこもうとしているのが見えた。機体は旧式の四発で、マーキング類をすべて消されている。もう追いつくのは無理だ。

励子は一計を案じた。拳銃用のアタッチメントを出して取り付け、ティルトローター機にむける。遠くてロックオンできないので、走って前進した。

ビショップが追いかけながら訊いた。

「どうするつもりだ」

「あのティルトローター機に近づきたい」

「うかつに出ると三本脚のミニガンに撃たれるぞ」

「ナチス相手で手いっぱいだから大丈夫」

励子は乗用車の陰にしゃがんでむこうをのぞいた。障害はない。機体にむかって走った。

ビショップは銃を手に追う。

機体にロックオンできる距離に近づいたとき、励子は視界の隅でなにかに気づいた。真横にいるナチスの兵士一人がこちらに気づいて、アサルトライフルで撃とうとしている。寸前でビショップが怒鳴った。

「伏せろ！」

そして拳銃で兵士の肩を撃った。衝撃で兵士は一回転し、励子を狙った銃弾は空中にそれた。ビショップは兵士に襲いかかってライフルを奪い、殴って昏倒させた。

「助かった。ありがとう」励子は言った。

「借りがあるからな」

励子は暗殺犯のティルトローター機にむきなおった。離陸を開始している。

「掩護《えんご》して」

乗用車の屋根に飛び乗る。それを見たナチスが銃をむけたが、ビショップがその胸を撃ち抜いた。

上昇するティルトローター機の速度と気流を補正してトリガーを引く。発信機が空中の標的に貼りついた。

「励子、来るぞ！」ビショップの叫び声。

トライウォーカーがナチスの掃討を終えて、こちらに注意をむけた。励子が屋根から飛び降りたのと、ミニガンが乗用車を蜂の巣にするのとほぼ同時だった。

ナチスの兵士たちのようすを見る。兵員輸送車は破壊され、兵士はすべて倒れたようだ。二人は身動きがとれない。トライウォーカーはそこへ歩いてくる。

「追尾はできてるか？」

頭上を通過したティルトローター機についてビショップが訊いた。

励子はうなずいた。発信機は機体の外側に貼りついている。よほど注意深く調べないかぎりみつからないだろう。発信機の信号はＧＬＳが中継して電卓に位置を知らせてくる。

トライウォーカーが迫ってきた。励子はイナゴ號に、〝現在地へ来い〟と命令を送った。機界妨害電波に影響されないチャンネルを使った。

「このままだと絶体絶命だな」ビショップが言った。

「イナゴ號は裏切らない」

「だといいが」

「大丈夫」

上げた。それでもぎりぎりだ。

「陽動しかないな」とビショップ。

「どうするの？」

「かくれんぼさ」

ビショップはフードをかぶった。服全体が周囲の環境を映し、おかげで姿や位置を視認しにくくなった。

トライウォーカーは射撃を中断して二人を探している。そのすきにビショップは隣の車の陰に走った。励子は電卓でイナゴ號の到着予想を見る。あと二分。トライウォーカーの足音が近づいてきた。

その頭部が横から銃撃された。ビショップだろう。

トライウォーカーは砲塔を旋回させ、移動方向をそちらへ変えた。

励子はレーザー銃で反対側にある乗用車を撃ち、爆発させた。トライウォーカーは混乱する。新たな爆発に注意をむけ、その攻撃元を探している。今度はビショップが反対方向にレーザーを撃った。トライウォーカーはまた移動し、攻撃すべき場所を探している。

二人とも動けないのはおなじだが、陽動で時間を稼げた。おかげでついにイナゴ號が到着した。

その機影が視程にはいると、トライウォーカーはすぐにむきなおって得意のミニガンを高速連射した。しかしプラズマシールドを作動させたイナゴ号の装甲は強力で、機関銃弾程度ではかすり傷一つつかない。

励子には電卓接続したコンタクトレンズでイナゴ号の一人称視点映像が見えている。遠隔操作でトライウォーカーへむかわせた。シールドと殴打でその主要兵装をすみやかに沈黙させる。ミサイルは発射筒内で爆発。トライウォーカーがミサイルを発射しようとしたので、直前に電磁銃で抑えこんだ。ミサイルは発射筒内で爆発。トライウォーカーは胴体が吹き飛んで三本脚だけが残った。脚が自律的に動いたりしないよう、念をいれて踏みつぶした。

ビショップは励子のところへ駆けもどった。

「疑って悪かった」

「いえ、紙一重だった」

イナゴ号から下ろされたラダーでブリッジに上がり、それぞれ席につく。ベルトを締め、励子は周囲をスキャンした。暗殺犯の乗ったティルトローター機はすでに遠い。闘技場にはナチスの部隊が集結しつつある。

イナゴ号を国境方面へ走らせた。騒動の中心である闘技場に当局の注意がむいているなら、国境付近は手薄なはずだ。スキャンすると警備隊はアリーナを包囲しており、追手はかかっていない。そもそも全速力で走るカタマリ級に追いつける機体は少ない。

ところが国境ゲートのまえで二機のバイオメカが立ちはだかった。往路にいた通常の二足歩行型ではない。胴体から六本の腕と太いギグランツ‐ナフォイエ砲一本が突き出ている。さらに頭からは二本の角、肩からは明るい赤の骨状構造が肩章のようにはえている。脆弱部をおおう装甲板には鉤十字。

　励子は音声メッセージを送った。

「こちらは守川大尉だ。西テクサーカナに帰る」

　巨大な怪物二機が威圧的に近づいてきた。パイロットが言う。

「守川大尉、こちらはパイク・ラシークだ。さきほど八人の市民が暗殺された。そのうちの一人はきみが観戦した闘熊会場でだ」

　八人？　どういうことだ。コサックだけではないのか。

「この件について捜査に協力してもらいたい」

「大使館を通して。こっちは急いでるのよ」

「大尉、メカから降機を願う。引き返して事情聴取に応じてもらいたい」

「なんの事情聴取？」

「強気に出られる立場か。手間どらせるな」

励子はにやりとした。

「イナゴ號からは降りないし、聴取にも応じない」

「状況をわかってないようだな。一撃で——」

励子は通信を切って、さっと両機のあいだをすり抜けた。俊敏さが敵の意表を突いた。ゲートを跳び越え、テクサーカナの非武装地帯にはいる。

壁の上の砲塔が撃ってきた。一発が不運にもイナゴ號の腰に命中し、配線を損傷させた。関節の動きが鈍くなり、速度が半分に落ちる。すぐに自律修復関節モジュールを起動したが、初期診断によると、性能を回復するには関節全体の交換が必要らしい。しかたなく、足を引きずりながらUSJ領をめざした。

バイオメカは巨体ながら速く、追いつかれた。イナゴ號は殴られて肩関節を壊し、その場で一回転した。バイオメカの腫瘍細胞の皮膚は不定形というより、みずからを食っているように見える。不気味に分裂し、うごめく。

イナゴ號は電磁銃のビームをバイオメカの装甲板にあて、押しのけようとした。しかし重すぎて動かない。電磁場をものともせずに近づいてくる。

「衝撃にそなえて」励子はビショップに言った。

「なにする気だ？」

励子が非常ボタンを押すと、ブリッジ全体がメカの頭部から胴体内へ下がった。直後にバイオメカがイナゴ號の頭を殴りつけた。大きくへこんだところにもう一撃。ついに頭部は吹き飛んだ。

ブリッジ内に鳴り響く警報を励子はすぐに止めた。胴体内に格納されたブリッジははるかに狭くなった。補助的な操縦機器は頭上に残っている。励子はイナゴ號の足裏ブースターを噴いて、二機のバイオメカからいったん距離をとった。作戦がある。はずれたイナゴ號の頭を電磁銃で持ち上げ、突進してきたバイオメカに砲弾で横殴りにするようにぶつけた。衝撃でバイオメカは横に飛んだ。

もちろん倒せるほどではないが、かまわない。ＵＳＪ領までの残り数米《メートル》に敵をいれたくないだけだ。その狙いどおりになった。バイオメカは数歩退がり、ふたたび突進してきた。バイオメカを一時的にせよ押しのけられるプラズマシールドを張って、イナゴ號は西テクサーカナへ走った。バイオメカは追いすがる。

「しつこいな」ビショップが言った。

「やられない方法を考えて」

「闘熊観戦チケットを贈ったらどうだ」

「わけわかんないことを」

バイオメカの一機が飛びかかってきた。イナゴ號はブースターを噴いてかろうじてよけたが、もう一機が迫っている。さすがにその一撃をくらったらメインシステムを破壊される。

そのとき、巨大な剣が攻撃を防いだ。背後に降屋将軍の操縦するゾンビ號が立っている。救援に来てくれたのだ。そのアーマーはエメラルド色に輝き、大剣の長さはバイオメカの全長に匹敵する。

「ありがとうございます、将軍」

ゾンビ號は先頭のバイオメカを蹴飛ばし、一刀のもとに首を刎ねた。ナチスの巨大メカは膝から崩れ落ち、地響きとともに倒れた。もう一機は応戦のかまえをとる。

降屋将軍は一般用の音声チャンネルで言った。

「ナチスのバイオメカ。わたしを知らなくても、このメカは知っているだろう。趣味はナチスのゾンビをつくることだ。一度だけ警告する。国境侵犯は許さん。早々に立ち去れ。さもなくば叩き壊して、わがコレクションに加えるぞ」

ゾンビ號は両手で大剣を振り上げた。バイオメカの全長に届く影がその中心線に落ちる。

ゾンビ號はかまえたまま呼吸をはかっている。バイオメカは微動だにできない。

勝負はすでに決したと判断して、励子はゲートへ進んだ。

「すごいもんだな。あっというまに救援が来た」ビショップが言った。

「ゾンビ號は高速性で有名なのよ」

「剣もでかい。敵があわれだ」ビショップは笑った。

「ナチスをうならせるのは力だけ」

「そして熊の絵か」

「コサックに悪いことをしたと思う？」

「ぜんぜん。しかしルドーは残念だ。遺体を回収できなかった」

「陸軍が大使館経由でなんとかするわよ」

「まあな。それでも元特高だ」

励子は電卓をイナゴ號に挿して、ホロディスプレイにマップを表示した。暗殺者を追跡する信号が点滅している。

「どこへむかってる？」ビショップが訊いた。

「西」

「ダラスか」

「まだわからない。ようすを見ないと」

「ようす見は嫌いだ」

「わたしもよ」

背後で二機目のバイオメカが首を落とされて倒れた。


大きく損傷した愛機を見るのはつらい。イナゴ號の頭部は交換、脚部も分解修理が必要だ。それでも担当の技術者は自信ありげに言った。

「もっと大破した機体も手がけたことがあります」

「修理期間は？」

「予算割り当てと部品供給しだいですね。一週間か、一カ月か。在庫のないイナゴ號専用部品も取り寄せないと」

しかたない。カタマリ級はまだ運用数が少なく、入手難の装備もある。生産部門での経験から理解しているが、メカは新規製造より、整備部品を潤沢に流通させて損傷した現用機を修理したほうが安上がりだ。かつてナチスは戦車の新造を優先して整備部品の供給をおこたったために、数十年前の旧ソ連進攻戦で勝利を逸しかけたことがあった。冬の豪雪や春の雪解けによる道路の泥濘化に耐えきれず、ドイツ軍戦車は次々と故障した。皇軍が東から攻めいらなければ戦争の趨勢はどうなっていたかわからない。

メカも故障するが、おもな原因は地形ではなく、複雑な設計そのものだ。イナゴ號はかつて吸気ダクトに誤って鳩を吸いこみ、複数のヒューズが飛んで左腕が動かなくなったことがあった。修理に丸四日かかり、励子はその作業を整備員の背後から見守ったものだ。

一人の中尉がやってきて連絡した。

「大尉、副市長が至急、話をしたいとのことです」

副市長には会ったことがない。

「すぐ行く」


「きみたちはいったいなにをやらかしたんだ？」

西テクサーカナ砦の久保《くぼ》義市《ぎいち》副市長は詰問した。アイルランド人とスコットランド人の血を引く元陸軍の長身の男性だ。

「闘熊を観戦していたら何者かに銃撃されたのです」励子は答えた。

「面会相手が殺されました」ビショップも言う。

「ドイツ大使によると、八人の政治的要人が死亡したとのことだ。そのなかにはゲーリング大管区指導者の甥と、ナチスの将軍二人もふくまれる。ゲーリングは激怒し、抗議と処罰を求める書簡が大使館から何度も送られてきた。もう一度尋ねる。いったいなにをやらかしたんだ？」

暗殺された被害者が何人もいるとバイオメカのパイロットが主張したのは、本当だったわけだ。励子は困惑顔で答えた。

「わたしたちは無関係です」

「ナチスはきみたち二人を指弾している」

「不運な偶然です」

とはいえ、どう見えるかを考えると怒りで頭に血が上った。

「陸軍と特高の人間が独領にはいり、直後の混乱した状況で八人の要人が暗殺された。二機のバイオメカが事情聴取を求めると、攻撃を受けた。これが不幸な偶然だと？」

「不審な状況に見えるでしょうが、わたしたちはその八人を殺していません」

「ではだれが？」

「わかりません」

久保は返事が気にいらないようだ。

「ナチスへの対応にわれわれがどれほど難儀しているか知っているか？」

「想像はできます」

「いいや、想像以上だ。やつらの人種差別的な言説に毎日耐えている。軍が対ナチス戦を計画しているなら、われわれも参加したいくらいだ。沈黙線をとりまく政治は複雑で、メカやバイオメカばかりではない。貿易、関税、資源管理、道路建設など、きみたちがかかわりたがらない退屈な課題が山ほどあって、そこが戦争の勝敗を最終的に分ける。きみや特高課員がやらかす無謀な行動のせいで、状況はきわめて危うくなるのだぞ」

「申しわけありません、副市長」心にもない謝罪をした。「それでもわたしたちは無関係です」

「提出された計画書では、陸軍の情報員ルドーと合流したのち、ナチスの女男爵コサックと面会。そして帰還するとなっている」

ビショップが怒りをこめて言った。

「そのコサックが暗殺されるとは予想もしませんでした。あやうくこちらも巻きこまれるところだった。頭の上を銃弾がかすめたんです。犯罪者扱いはやめてください」

「犯罪すれすれの行動だ！　もしそのせいで戦争になったら――」

「そのときはやつらを叩きつぶしますよ」ビショップは声を荒らげた。「しかし、俺たちがなにもしていないのはたしかです。もし本当にナチスを何人か殺したのなら、逃げも隠れもしません。むこうの言い分を鵜呑みにしないでください」

久保副市長はため息をついた。

「たとえきみたちに嘘がなくても、問題はナチスをどう納得させるかだ」

「ゲシュタポはわたしたちの動きを監視していたはずです。だれと会ったか、どれだけ滞在したか」励子は言った。

「だといいな、大尉。総督が急いできみと会いたいそうだ。直近の便でロサンジェルスに帰りたまえ」

励子はその指示に驚いた。

「すぐ出発します」

「総督には、今後こういう計画があったら事前に連絡をほしいと伝えておいてくれ」

「こちらの状況はどうなるでしょうか」

「ナチスも早まったことはしないと思う」

「早まったら、どうしますか？」

副市長は沈黙線のほうを見た。

「ナチスとの世界大戦が勃発するな」


世界大戦は望むところだと励子は思った。地上からナチスを一掃してやる。

ロサンジェルス行きの軍の連絡機に席をとって、ターミナルの外でビショップと話した。

「さっきは冷静さを欠いてすまん。今日は腹の立つことばかりで、それが態度に出た」ビショップは言った。

「謝ることはないわ。わたしもむかついてた」

「おまえはわりと冷静だったぞ」

「あれは、〞知らんがな〞モードにはいって耳ふさいでたのよ」

「俺もそのモードを体得すべきかな」

「よしあしよ。重要な手がかりを聞きのがすこともあるし」

「〞知らんがな〞になる基準は？」

「相手を殴りたいかどうか」

ビショップは苦笑した。

「総督への報告は大丈夫か？」

そちらは最悪の組み合わせになる。政治的、軍事的、社会的な敗北だ。

「さあね。あんたはこのあとどうするの」

「なるべく俺もロサンジェルスへ行く。渡部プリスをとらえて尋問したい。しかしまず上司に報告してからだ。例の発信機はまだ暗殺犯の居どころを伝えてきてるのか？」

「ダラスにはいったところで途切れた。ＧＬＳは電卓につながってるから、百粁《キロ》以内に近づけばまた反応が出るはず」

　ビショップは電話をかけるといって別室へ行った。ゲートが開いて連絡機への搭乗がはじまったころにもどってきた。励子は訊いた。

「許可は出た？　あんたもこれに乗る？」

「いや、いったん帰署する。完全な報告書を書いてからだ。でも今夜じゅうに行く」

　励子は陽気に親指を立てた。

「着いたら連絡して」

　ビショップは居心地悪そうにした。

「どうしたの？」

「おまえの友人の嶽見ダニエラについて調べた。数カ月前に収監されてたらしい」

　驚いた。

「理由は？」

「反逆罪だ」

「反逆って……。いまどこに？」

「それが三カ月前に脱獄して行方が知れない」

励子は床を見て、その意味するところを考えた。やはりブラディマリーに情報を売ったのはダニエラなのか。顔を上げてビショップに言った。

「教えてくれてありがとう」

ビショップは目をそらした。

「脱獄という事実を普通に考えるといい徴候じゃない。その彼女の名前が今日の特高の報告書にふたたび出てきた」

「なんて？」

「今朝ロサンジェルスで目撃情報があったらしい。しかし特高課員が駆けつけるまえにふたたび姿を消している」

「ロサンジェルスのどこ？」

「ダウンタウンだ。詳しい情報は送る」

飛行機の座席につくと、正面のモニターでは山崗将軍のこれまでの功績を描いた番組が流れていた。離陸して目を閉じる。しかし視野が暗くなると過去を思い出してしまう。バークリーから帰省したある夏のことだ。

励子の両親は彫刻が趣味だった。その夏は写真をもとにいくつかの人物像を制作した。

不運にもその写真の一枚が、皇国臣民を多数殺害した悪名高いドイツの軍人になぜかよく似ていた。そのことに両親は気づかず、完成した一連の彫刻を写真に撮ってソーシャルに投稿した。ソーシャルは、個人的な考えや写真や機界のくだらないリンクなどを人々が共有する電卓の交流空間だ。両親のフォロワーは多くなかったが、共有の連鎖によって友人のつながりはどこまでも広がる。そうやってつながった友人でフォロワーの多いだれかが、彫刻と軍人が似ていることに気づいた。彼はその写真を共有するときに、彫刻を揶揄し、両親がナチスを賛美していると非難するコメントをつけくわえた。またたくまにそれはソーシャルで拡散した。そして両親のもとに非難が殺到した。事態に気づいて投稿を削除しても、もう遅い。殺害予告や誹謗中傷や失職して路頭に迷えという呪詛が集まった。どれも〝ナチス賛美者め！〟と書かれていた。個人情報を調べられ、拡散された。それまでの友人も離れていった。

　両親は夜通し口論した。父親は真っ青になっていた。母親のほうが強気だった。

「無視すればいいのよ。そのうちおさまる」

「投稿しろと言ったのはおまえだろう。公開すべきじゃなかったんだ！」

「ただの彫刻よ。なにも悪いことはしてない！」

　彫刻のもとになった写真を投稿して釈明したが、火に油をそそいだだけだった。なぜ認めて謝罪しないのか？ 国難の時勢になぜこんな政治的な作品を制作したのか？

脅迫、ヘイト、一家を攻撃するあらゆる罵詈《ばり》雑言《ぞうごん》が集まった。励子もそれまでにソーシャルで現代の魔女狩りを目にすることはよくあった。しかし今回、機界の餌食になっているのは見ず知らずの他人ではない。自分の両親だ。

事態はさらに不愉快な展開になった。ある午後、玄関がノックされ、二人の特高課員が調査に訪れたのだ。

励子は強くまばたきした。思い出すといまだに腹が立つ。

打ちのめされたのは父親だった。職も、友人も、彫刻家になる夢も失った。あらゆる機会が奪われた。問題行動はなかったと公式に確認されたあとも、世間の目は変わらなかった。ソーシャルへの一回の不適切投稿で人生がだいなしになった。母親は気丈だった。あるいはそうふるまっていた。しかし再就職は困難だった。なにしろ機界を検索すれば、隠れナチ信奉者と虚偽の告発をする書きこみが最初に出てくるのだ。不行状を否定する正式な文書をしめしても、告発の悪印象は払拭できなかった。

励子は芸術に怒りをおぼえるようになった。機界にたむろする連中がおもしろ半分に人をおとしめ、破滅させることにさらに腹を立てた。もともと自由ではない芸術が、いまや芸術家の首を絞める縄になった。作品が制作者を殺すのだ。画商リルム・ベイリーに監禁された画家たちの逸話とおなじく、この出来事は励子を慄然とさせた。

そんなときに味方でいてくれたのがダニエラだった。両親の醜聞のせいで周囲が距離をおこうとするなかで、ダニエラはなにも気にせず、むしろ励子のかわりに怒った。候補生の一部が励子を揶揄すると、ダニエラは面とむかって言い放った。

「あんたたち、言いたいことがあるなら、せめて励子の半分の腕前になってから言いなさいよ」

ビショップから送信された報告書を読みながら、ダニエラはロサンジェルスでなにをしているのかと考えた。その存在はなにを意味するのか。

2

首都を訪れると壮大な建築群にいつも圧倒される。太平洋戦争の皇国勝利後、ＬＡは国内で比類のない大都会として発展し、高層ビルが林立する市街地は現代都市の象徴になった。フリーウェイには家路を急ぐ電気自動車が蟻の行列のように整然と走る。市街中心は高層ビルと中低層ビルが複合構造をなし、大きなゲートが周囲をかこんでいる。その内側はビルの地上部と一体化した公園が整備され、静謐《せいひつ》な橋と池が重厚なビルと自然な対照をなしている。人の動きも活発だ。会社員が職場へ急ぎ、親子連れが散歩し、ときおり警察官が市民を手助けしている。

しかし、タクシーの窓から眺める励子の気分は畏敬より恐怖だった。高層ビルの壁面にもうけられた巨大ディスプレイには政府要人の姿が次々と映し出される。やがて山崗将軍が登場した。国家への長年の献身を誇らしく語る言葉が日本語字幕で流れる。東京にもどって宮城《きゅうじょう》に参内《さんだい》し、天皇陛下に拝謁したという。業績が次々と映像で流され、あいまに最新の電卓ゲームの広告がはいる。羽織袴の総督は聡慧《そうけい》にして威風あたりを払う姿だ。空に浮かぶ飛行船は流行の〝人格シミュレーション〟の広告を流している。どんな個性も電卓上で視覚的に再現するという。三人組の女性バンド、ファンタジーノクターンが毘沙門天劇場で反ナチズムコンサートを来週開催すると告知される。電気仕掛けのカラスのようなドローンが小型バルカン砲をかかえて飛びまわる。中心街警備隊の視覚および音声フィードは特高のチャンネルにも流れてくる。セントリー級に代わって配備が進む新型のセンザンコウ級は、氷ショットガンと電磁シールドをそなえた防御のかなめだ。

総督執務室の受付エリアに着いた。外に数百人の列ができている。

「あれは?」励子は衛兵に尋ねた。

「総督への陳情者です」

総督付きの副官は十二人いる。それぞれ市内の異なる管轄区から派遣されている。奥の部屋には総督宛の進物の山がいくつもできている。これでも今週分にすぎない。軍出身の副官が励子に言った。

「総督はまだ会議中でいらっしゃる。お会いになるのはそのあとだ」

三十分待ち、一時間待ったが、まだ声はかからない。励子はこれまでの出来事をつらつらと思い出し、渡部プリス将軍についての報告書を電卓で読んだ。

渡部は戦功ある受勲者で、皇国随一のメカパイロットと評される。しかしその父親は今年初めに逮捕された。だから裏切ったのだろうか。メカ部品の注文主を渡部だと明かしたコサックを、直後に暗殺した犯人は何者なのか。ナチス側で多数の要人が殺された裏にはどんな意図が働いているのか。

電卓に通知がポップアップした。開くと、例のティルトローター機につけた発信機の信号がとらえられている。遠くない。ここから四十粁《キロ》ほどだ。驚いて、その場所について電卓で調べた。政府所有の土地だが、放棄されて十年以上使われていない。詳しく調べようとしたとき、民間出身の副官の一人がやってきた。

「まもなくお会いになる」

副官は二十代男性で、無数の巻き髪がフラクタル模様のように重なった複雑な髪型をしていた。

「ありがとうございます」励子は答えた。

「しかしきみは恥知らずだな」副官は言った。

「いまなんと？」

「恥知らずと言ったのだ」

「なんのことでしょうか」

「暗殺者をとらえるべきだろう。戦争をはじめるのではなく。総督の寛容さに感謝しろ。のこのこ報告に来るとはいい度胸だ」

無礼なもの言いにさすがに腹が立った。

「わたしは命がけで任務を遂行しました。後方勤務の事務官にあれこれ言われるすじあいはありません」

「将軍たちはお怒りだ。無能なきみを解任せよと総督に迫っている。貴重な情報員までむざむざ死なせた。総督はそんなきみをかばって、苦しい立場に甘んじておられる」

軍の上層部はそういう考えなのか。こちらに非はないのに。憤懣やるかたない気持ちになった。

副官の電卓が鳴った。耳にあててから励子に告げる。

「総督がお会いになる」

更迭を覚悟した励子は、執務室にはいるなり深く腰を折って謝罪した。

「申しわけありませんでした」

「なんの話だ？」

山崗総督の言葉に、励子は虚をつかれた。

「状況を混乱させてしまったことです。特高と協力してブラディマリーを捜索せよとの命令でしたのに、ほとんど成果を挙げられませんでした」

山崗はどうでもよさそうに手を振った。これも意外な反応だ。

「なにごとも予定どおりにはいかない。机上論で戦争に勝てるなら軍人はいらない」

「将軍たちがわたしの解任を要求していると、外の副官から聞きました」

励子が率直に明かすと、山崗はあからさまに不快げな顔になった。

「あれはそんなことを言ったのか。不躾《ぶしつけ》な部下ですまない」

「どんなご処分も受けます。解任でも」

「辞めたいのか？」

「いいえ」

「将軍たちが苛立っているのはたしかだ。ささいなことも気にする。いたしかたない。わたしが抑える。きみの経歴と犠牲は承知している。副官の失礼な言いぐさは忘れてくれ」

「しかし——」

「わが軍の情報員ルドーを殺したのはきみか?」

「ちがいます」

「ドイツの八人の要人を殺したのはきみか?」

「ちがいます」

「これらの出来事はきみの責任ではない。なにが起きたのか解明し、それにしたがって対処する」

励子は心から安堵した。

「ありがとうございます」

「調査結果を聞こう。ブラディマリーの居どころについて手がかりはつかめたのか?」

「いいえ。しかし、わが国のある人物が協力している可能性があります」

「国賊ということだな」

「そうです。渡部プリス将軍です」

山崗総督は眉を上げた。

「真実なら残念だ」

「ナチス側の接触相手コサックは、渡部将軍がメカ部品をむこうから密輸していることを示唆しました」

「目的はなんだ」

「ブラディマリーと渡部将軍はメカを使ったなんらかの攻撃を計画していると考えられます」

　山崗は残念そうな表情になった。

「聞いているだろうが、彼女の父親は反逆罪で死刑になった」

「承知しています。ご記憶かと思いますが、当時、寛大なご処分をお願いしようとしたことがあります」

　励子は初めて山崗と会ったときのことを持ち出した。

「痛恨事だった。有罪は火を見るよりもあきらかだったが、過去の業績を考慮して赦免したかった。わたしにとっては精神的な師だ。しかし国事優先を宣誓した身でもある。死刑宣告を了承せざるをえなかった。プリスとは長い時間をかけて話しあった。ありがたいことに理解してくれた。家族より国家への忠誠を優先してくれたと思っていた。所在はつかめているのか？」

「同行した特高課員が行方を追っています」

「そうか。こちらからも特高に連絡して、いつものやり方はひかえるように言っておこう」

次の質問は励子にとって言い出しにくかった。自分が難しい立場になりかねない。しかし、訊かないわけにはいかない。

「忠誠といえば、〈戦争の息子たち〉の会員である嶽見ダニエラを憶えておいでですか？」

「もちろんだ。ブラディマリー襲撃事件の生存者はきみと彼女だけだった」

総督の返事に敵意は感じられず、いい徴候だ。

「彼女のその後についてご存じですか？」

「事情聴取後に帰されたと聞いているが、どうかしたか？」

「嶽見は収監され、その後脱獄して行方不明になったとの情報を得ました。今朝、ロサンジェルスのダウンタウンで目撃されたものの、特高は拘束できずにふたたび見失ったとも」

山崗の表情にとくに変化はない。

「初耳だ。調べさせよう。ところで、ナチス側の八人はどのように暗殺されたのだ？ブラディマリーのしわざか？」

話題を変えられた。ダニエラの件に深入りしたくないのかと、励子は驚いた。なにか隠しているのか。

「いいえ、ちがうと思います」

「ちがうというと？」

「暗殺者は別人だと考えています」

「手がかりはあるのか？」

「もうすぐわかるでしょう」

「ブラディマリーと渡部については今後、特高に一任しようと思っている」

捜査からはずれろということか。

「失礼ですが、このまま続けさせてください。本件はわが国にとって重要だと存じます」

「気持ちはわかるし、重要なのはたしかだ。しかし当面、きみは母校のＢＥＭＡにもどって働いてもらいたい。今後数週間が重大な岐路であることは説明するまでもないだろう」

総督は立って地球儀に歩み寄った。

「ブラディマリーと渡部将軍が反乱計画を練っているという話が表面化したら、東京参謀本部はこれを機に統制権の剥奪を狙ってくるかもしれない」

「よくありません」

「もちろんだ」

その言葉には深い意味が隠されている。もし統制権を東京参謀本部に召し上げられたら、山崗はどんな行動に出るだろうか。

「バークリーへ行けとおっしゃるなら、参ります」

「ありがとう、大尉。状況は――」

そのとき小さな地震のような揺れを感じた。すぐにおさまり、励子は自分の憤懣を震動と勘ちがいしたのかと思った。

「――状況は不安定だ。この件については――」

今度は提督の電卓が鳴った。山崗は無視しようとしたが、鳴りやまない。

「すまない。緊急連絡らしい。出なくてはいけない」

励子の電卓も振動した。だれかが電話をかけてきている。拒否したが、複数の友人からのメッセージ通知が出ているのに気づいた。

『どこにいる？』

『無事？』

困惑して顔を上げ、総督を見た。電卓を切った顔がきびしい。

「なにかあったのですか？」励子は尋ねた。

「アルバラード銭湯で爆弾事件が起きた」

通りの先にある公共浴場だ。地震だと思ったのは爆発による震動だったのか。

「犯人は？」

総督の表情にかすかな動揺が走ったように見えた。

「まだ情報がない。ただ、今日の会議が長びかなければ、わたしはそこへ行っていたはずだ」

まさか総督を狙った犯行なのか。

ナチスの報復か。ずいぶん早いがありえなくはない。しかし励子の脳裏に浮かんだのはブラディマリーだった。

提督は壁の大型電卓ディスプレイをつけた。爆発現場からの中継がはいっている。ここからほんの百米《メートル》だ。キャスターがしゃべっている。

「ブラディマリーと名乗る人物が犯行声明とともに、さきほどビデオを送ってきました」

直感があたった。

画面には特殊部隊の大尉が映された。頭を丸められ、顔じゅうがあざだらけだ。右目は腫れ上がって開かない。ぶるぶると震えながら話した。

「自分は総兵秘匿作戦隊デルタの横山アルバート大尉です」声が弱々しい。精鋭中の精鋭である作戦隊員がこうなっているのは恐ろしい。「ブラディマリー暗殺を目的とする違法な作戦に参加していました。卑劣で、ふ……不名誉な行動でした」大尉はろれつがまわらないようだ。なぜこれほど動揺しているのか。「この犯罪行為のために、われわれは……だ……断罪されました。デ……デルタは、負けました。報いを受けました。なぜなら……愛国者を襲ったからです」

励子は総督を見た。固い表情だ。

画面の外からデジタル処理された声が言った。

「そこは愛国者じゃないだろう。だれだ？」

「ブ……ブラディマリーです」

「なぜ殺害命令が出された？」

「わかりません」

「理由もわからず命令に従ったのか？」

横山大尉は答えにくそうにした。

「そ……そうです」

「しかも失敗したわけだ」

何者かが大尉の肩をナイフで刺した。もう一方の肩も反対側から刺された。大尉は苦痛に耐えているが、どちらのナイフも深々と刺さっている。

カメラが上にむき、サージカルマスクをつけた顔を映した。マスクは赤く染まっている。

「わが名はブラディマリー。皇国の利益のために、皇国のだれよりも多く殺した。しかしいまはやめた。忠犬をけしかけてもこのように返り討ちにする。責任は皇国臣民全員にある。自分に罪はないという者も多いだろう。しかし無関係の臣民は一人も――」

映像が中断し、注視していた励子ははっとした。検閲局がブラディマリーの犯行ビデオを遮断したのだ。さいわい山崗総督の権限で無検閲の映像を最後まで見ることができた。
ブラディマリーの演説は次のように続いていた。

「――いかなる帝国でも、軍の行動はその国の臣民全体の責任だ。知らぬ存ぜぬは通らない。兵士の行動がもたらす利益を享受しているなら、その責任も当然負うべきだ。沈黙は有罪を意味する。武器は税金であがなわれている。臣民の社会的歓楽のために軍の残虐行為が正当化されている。皇国は世界に戦争をばらまき、語られざる被害を人々におよぼしている。そこで、その戦争の恐怖を臣民一人一人に実感してもらうことにした。防壁の内側にいても安全でないことを教えてやる。いやならロサンジェルスから脱出しろ。こちらは民間人も軍人も区別しない。いずれも有罪だ。今日の爆弾は小手調べだ。本物の戦争は明日からはじめる」

映像は大尉にもどった。体に刺さったナイフが増えている。

山崗は悪態をついた。励子も秘匿作戦隊がこれほど簡単にやられるとは信じがたく、寒気がした。テロリストの教科書どおりの演出なのだとあらためて考えた。たんなる攻撃で終わらない。利用し、象徴にしたてる。大々的に報道させ、標的に心理戦をしかける。検閲局もまんまと不意をつかれた。映像の最初の約一分間がそのまま流れたのが証拠だ。

「総督、ＢＥＭＡにわたしのやるべき仕事があるのは理解しましたが、ここは伏してお願いします。捜査を続けさせてください。正式許可はなくても、黙認していただければけっこうです」

総督は大尉の映像を見つめたままだ。

「わたしの家族の話は聞いているか」

その悲劇は有名だ。空港からの道で見た映像でも描かれていた。

「アメリカのテロリストのために犠牲になられたのですね」

「兄二人、妹一人、そして両親が休暇でこちらを訪れていた。テロの危険はないと聞かされていた。危険がおよぶとはみじんも考えずに家族を招いた。ところがその搭乗機は離陸直前に破壊された。わたしは茫然とした。国家指導層の無能さに怒り、この手で変えようと誓った。アーバイン陥穽ではテロリスト殲滅の決意ゆえに人道無視の過剰攻撃とみなされかねないこともやった。国家の治安のためなら多少の犠牲はかまわないという考えからだ。次はカンザス大虐殺が起きた。わが国の安全保障を他人の手にゆだねておけないと思い知らされた出来事だった。そこで多村総督に対して行動を起こした。たんに国賊だからでなく、社会の安全のために彼を除く必要があった。迷いが生じたときは、いつも亡き家族を思い出した」

「だれもが最善と思って行動するものです。だからこそ、わたしも続けたいのです」

総督は励子の目に決意を見てとった。一方の励子は、総督の目に信念の揺らぎを見た。総督のほうがこのテロに動揺している。

「目立たないように動け。非公式に手助けできることがあれば、言ってみろ」

励子はビショップの頼みを思い出した。

「ブラディマリーの情報は大半が機密扱いになっています。それにアクセスしたいのです」

「必要なら副官に言え」

「嶽見ダニエラについては？」

「さきほど言ったように、調べておく」

　そこへ数人の兵士がはいってきた。少佐が言う。

「総督、安全な場所へお連れしなくてはなりません」

　山崗はすみやかに案内されていった。

　励子はビショップに電話した。ビショップはこちらの顔を見て安心した笑顔になった。

「無事だったか」

「大丈夫。ニュースは見た？」

「すこしだけ。いまロサンジェルスに着陸した」

「ブラディマリーの映像も見た？　秘匿作戦隊の精鋭をあっさり人質にするなんて信じられない」

「いや、不思議はない」ブラディマリーの危険さを何度も見ているビショップは答えた。「爆発現場で落ちあおう。一部の特高課員がすでに銭湯に乗りこんでいる。俺はそのボディカメラ映像を見てる」

「あんたがほしがってた情報、手にはいりそうよ」

「ブラディマリーについての詳細か？」

　励子はうなずいた。

「なら、見たいファイルのリストを送る」

まもなくリストが届いた。

励子はさきほど嫌みを言われた民間出身の副官に、ブラディマリーについての秘密扱いの資料を見たいと要求した。男はまだ軽蔑的な目つきだったが、依頼には従った。

励子はエレベータで降りて、銭湯へ急いだ。

アルバラード銭湯はただの公共浴場ではない。毎日数千人の客でにぎわう八階建ての娯楽施設だ。建設されたのは一九七〇年代初め。アジア出身の将軍二人が故郷で一般的だった社交場としての大規模浴場を懐かしみ、ロサンジェルスのダウンタウンに政府職員用として建設することを提案した。そうやってできた施設は、一階から四階までが各種の浴室。最上階は会員制クラブで、ジム、射撃場、ビリヤード場、大会議場をそなえる。屋上にはプールがあり、週末にはディスコに変わる。施設内には十二のレストランが散在し、京都、大阪、北海道から招聘された料理人が腕をふるう。なかでも励子のお気にいりは道産子料理の石狩鍋で、味噌仕立ての出汁《だし》で鮭が煮込まれている。蟹料理も絶品で、稚内で水揚げされたタラバガニが直輸入で提供される。さまざまな年齢層の政府職員がこの銭湯に集まり、激務の疲れをいやすのがおなじみになっている。

その建物の中央に、いま大穴があいていた。東面の壁は崩壊している。灰が舞い、塩素と煙のにおいが立ちこめている。ちぎれた死体が散乱するなかで、レスキュー隊員が生存者を探している。四機の捜索救助メカが建物の倒壊を防ぎつつ、腕から大量の放水をしている。この高圧放水は暴徒鎮圧にも使われる機能だ。これらのメカは、犬型ロボットのケルベロスと連携している。柴犬くらいの体格のこの小型ロボットは災害現場における生存者捜索を主任務にしている。励子も運用訓練を受けたことがあった。

負傷者は建物内だけではない。外の通行人にも爆風と瓦礫で重傷を負った者が多数いた。

道路の車にも瓦礫が降りそそぎ、まるでメカに踏みつぶされたようなありさまだ。

シートでおおわれたストレッチャーで百以上の死体が運ばれている。陸軍が規制線を張ってレスキュー関係者以外の立ち入りを制限している。

励子の電卓が鳴った。ビショップからだ。

「着いたか？」

「ええ」

「新情報だ。監視カメラの録画から、おまえの友人のダニエラらしい顔認識反応の人影が出た」

励子は銭湯のほうを見た。

「このなかに？」

「爆発前に脱出したかもしれない。しかし今日のいずれかの時間帯に施設に立ちいったのはたしかだ」

励子は礼を言って電卓を切った。銭湯へ走っていくと、規制線で警備の兵士に止められた。

「失礼、立入禁止です」

犬型ロボットのケルベロスが火のなかに飛びこんでいくのが見えた。励子は兵士に訊いた。

「あれはどこから操縦してるの？」

兵士は捜索救助メカのヒュウガ号をしめした。

励子はそこに駆け寄り、ブリッジへのラダーを昇りはじめた。すすけた軍服に髪を乱した中尉があらわれ、制止した。

「そこはだめです」

「守川励子大尉だ。ケルベロスを一機使わせてもらう」

「守川大尉ですか？」聞き覚えがあるらしい。「〈戦争の息子たち〉の？」

「そうだ。きみは？」

「井上帆《いのうえほ》高《だか》中尉です。金堂《こんどう》将軍の副官です」

金堂将軍と面識はないが、彼も〈戦争の息子たち〉の会員だ。

「将軍はこのなかに？」

井上は唇を噛んで、燃える銭湯を振り返った。

「はい……」

「では〈戦争の息子たち〉の同志として、ケルベロスを一機借り受けたい。ある者を探している」

「ケルベロスのオペレータは三人が爆発で死亡しました。応援をありがたく思います」

ブリッジ下に管制デッキがある。ケルベロスのオペレータ席が八つ円形に並び、そのうち五席は埋まっている。空席の一つに励子はおさまった。

操縦系は愛機とそれほどちがわない。ただし苦痛緩和作用のあるサラマンダー・システムはない。ゴーグルをつけると犬の一人称視点になった。嗅覚フィードバックで毒物や各種ガス濃度を人間でも判別できる。コントローラはジョイスティックを使い、ボタンでジャンプ、伏せ、その他の動作ができる。この種類のコントローラはカンザス以来で、手が憶えているか不安だったが、やってみると順調に動けた。

難しいのは周囲の環境が一定でないことだ。ケルベロスはソナーと温度スキャンでより正確な施設レイアウトを把握し、励子にリアルタイムでフィードバックしてくる。十数体の遺体のそばを通ったが、すでにほかの五人のオペレータがタグをつけていた。これでレスキュー隊が存在を認識し、捜索救助メカの回収予定に組みこまれる。

ネットワーク上に嶽見ダニエラのプロファイルをみつけ、身体特徴のデータを取得した。これを信号に変換して常時スキャンするように設定した。ただし有効範囲が狭いので施設全域を移動しながら探すしかない。

井上中尉がべつのケルベロスを操縦しながら、近くのレスキュー隊員からの応援要請を中継してきた。そこは二階上で、励子のケルベロスは火を噴く穴をくぐり抜けて進んだ。燃えさかる炎は中心のない渦を巻き、あかあかと輝く。万物を呑んで破壊するようすには不気味な美しさすら感じられる。床の一部は崩落し、残りもいつ崩れるかわからないとレスキュー隊から警告された。床の状態に気をつけながら慎重に室内を進む。実際に一部が崩れたが、ケルベロスは難なく跳び越えた。

むこう側には陸軍の軍服姿の男が三人いた。炎にさまたげられて避難できないのだ。励子はケルベロスの音波消火器を使った。これは音波で酸素分子を可燃物から遠ざけ、火を消すものだ。床の崩落部分は人間には跳び越せない幅があったので、ケルベロスの背中から可搬式ラダーを出して渡した。軍人たちは無事にそこを渡った。あとはレスキュー隊員が外へ誘導してくれる。途中のホールの炎上がひどいので、ケルベロスはそこまで同行し、音波消火器で安全な通過を助けた。

ダニエラの反応はまだスキャンにあらわれない。

励子は救助活動を続けながら、金堂将軍のデータベースを調べた。彼がいるところに〈戦争の息子たち〉の会員が集まっていた。ダニエラもその近くにいた可能性が高い。金堂の遺体はさらに三階上の会議室でみつかった。初期スキャンによると付近の破壊がいちじるしく、そこが爆発地点である可能性が高い。〈戦争の息子たち〉が主目標だった証拠だ。多くの犠牲者はその巻き添え被害というわけだ。

ケルベロスの捜索を急がせた。さらに四人の生存者を発見し、火をかわして脱出させた。

「守川大尉、体は大丈夫ですか？」中尉が訊いてきた。

サラマンダー・システムの保護液なしだが、両手はまだ動く。

「問題ないわ」

肌にぴりぴりした感覚がないことを確認して答えた。

人間とおぼしい微弱な反応をみつけた。厨房方面だ。行ってみると、二人の調理補助員が倒れていた。やけどがひどく、心拍も弱い。無理に動かすと状態が悪化しそうだ。

「現在位置で補助を要請する」

呼びかけたが、だれも来ないうちに天井が崩れはじめた。要救助者を押してもう一人に寄せ、その二人を落下物から守るようにケルベロスを立たせた。天井が一気に崩れてきた。

励子とケルベロスの接続が切れた。頭に電流が走ったような痛みを感じた。目がかすみ、軽くめまいがする。おそらくケルベロスは破壊されたのだろう。ゴーグルをはずし、隣のオペレータ席へ移って救助活動を続けようとした。

「待ってください」井上中尉が言う。

「もう一回出る」

「ケルベロスから強制切断されたあとは休憩が必要です。神経に障害が残りますよ」

「大丈夫よ」答えつつも、まだめまいがする。「調べてくるだけ。短時間だから」

新規のケルベロスにはいり、さきほどの厨房へ駆けもどった。現場は崩落した天井で埋まっている。サーマルマップでも、炎の熱のせいで人体も犬型ロボットも見分けられない。ケルベロスの口からは精密切断レーザーを出せる。これは軀体の鉄骨や鉄筋も貫通できる。励子は音波測定器で瓦礫の奥行きをはかり、目標物すれすれまで切っていくことにした。

「大尉」井上中尉が呼びかけた。

「なに」

「建物の構造軀体が弱くなっています。ケルベロスは全機脱出してください」

「もうすこし」

「大尉」

「ちょっと待って！」

まえのケルベロスの機体にのしかかった厚いコンクリート板が、レーザーでほぼ切断された。新しい機体の前脚で押してどかす。古い機体が出てきた。上面は完全につぶれているが、脚の下の人間たちは守られている。

機体をどかすと二人の人間が出てきた。意識はある。ただし初期診断では骨折箇所がある。建物が低くきしんで揺れた。犬型ロボットの口の奥にあるスピーカーから人間たちに呼びかけた。

「天井が崩れてくるので脱出します。急いで！」

女はなんとか立ち上がった。その下になっていた男は、立とうとしたが膝をついた。両手両足が骨折している。女に指示した。

「ケルベロスの背中に乗せるので手伝ってください。急いで！」

ケルベロスをストレッチャーモードにした。パネルが開いて、圧縮格納されていたストレッチャーが背中に展開される。安全に乗せられるのは一人だけ。今回は男性だ。

移動をはじめた。銭湯はいつ倒壊してもおかしくない。厨房から出て、ホールを進んだ。

燃えさかる炎を抑えるために音波消火器を使った。背中に人を乗せているので照準がままならない。なんとか炎の大きな塊を消して先へ進んだ。階段までたどり着くと、数人のレスキュー隊員が救助活動をしていて助かった。ケルベロスからはずしたストレッチャーを運び、もう一人の女性を補助して下りていった。

　励子はもう一度ダニエラを探してスキャンした。やはり一致する反応はない。かわりに、二階下でかすかな生命反応があった。そこへむかう途中、十数人が爆風で死亡している場所があった。なにが起きたのか理解していただろうか。それとも爆発半径内での慈悲深い一瞬の死だっただろうか。めざす反応まで半分の地点に来たとき、心拍の反応が途絶えた。救助対象者は死亡した。

　ほかの反応はもう近くにない。さらにダニエラを探す。しかし軀体が脆弱になった建物が大きく揺れ、ついに崩落がケルベロスを押しつぶした……。

　励子はゴーグル一式をはずして、外に出た。ダニエラはやはり脱出したあとだったのか。三人の十代の子どもが一台のストレッチャーでいっしょに運ばれていた。いずれも重傷だ。二人の軍人がすわりこんで痛みに耐えている。爆発で建物から飛んできた釘が顔に刺さったのだ。多くの遺体が搬出されるのを見て、励子の目がうるんだ。まばたきして涙をこらえる。混乱とさまざまな悪臭が、カンザス大虐殺を思い出させた。数年前、数百粁《キロ》離れた場所で起きたことだが、おなじ光景、おなじにおいだった。

若名ビショップ
ダラス都会

1

上司と会うために、ビショップはシャイラー強化義肢クリニックを訪れた。シャイラー医師は人工義肢をあつかわせたら市内で右に出る者のない名医だ。待合室には十人以上の患者がいた。むかいにすわった姉妹を電卓で見ると、ナチスとの戦闘で両脚を失ったらしい。首を交換した男もいて、制御回路が故障した首をずっと揺らしている。家で飼っている電気羊の機械の脚を修理してもらいにきた家族もいた。

看護師が来てビショップを診察室へ案内した。槻野昭子が腕を調整中だった。左腕がむきだしになり、三カ所のパネルが開いている。シャイラー医師は接続を確認し、手首を回転させた。右へ一回、左へ一回。交換された古い部品には焼損した痕がある。回転をよくするために油脂を差して、指が手のひらにつくまで曲がることを確認した。

終わると、左腕はもとどおりに閉じられた。右腕には特殊な兵器がしこまれているという噂がある。しかし見ためは普通の腕と変わらない。皮膚の継ぎめや指の動きも本物の手と区別がつかない。

「直ったのか？」槻野は訊いた。

「とりあえずは。次はなるべく銃撃戦を避けてくれ」シャイラー医師は答えた。

槻野は診察室を出て、ビショップについてくるように合図した。

「銃撃戦が？」ビショップは訊いた。

「ちょっとした騒ぎだ」

詳しく説明する気はないらしい。物置にはいると、そこは瓶が並んでいた。槻野が特定のパターンで十八本の瓶を動かすと、奥のドアが開く。むこうはエレベータになっていて、特高第六一〇二前哨拠点へ下りはじめた。

「よく生きて帰ったな」槻野は言った。

「あちこちで助けられたおかげです」

「二機のバイオメカを自力で倒すのは難しいだろう。八人の要人を暗殺したのも貴様たちか？」

「ちがいます」

「顚末を自分の立場から話してみろ」

励子とのテクサーカナ出張での出来事を要約し、コサックの暗殺からバイオメカとの戦闘まですべて話した。

「暗殺犯の素性はわかっているのか？」

「いいえ。ただ、報告書に書いたとおり、メッツガー博士が発送していた貨物の受け取り人は、渡部プリス将軍だと思われます」

「情報に確証はあるのか？」

「といいますと？」

「無実の軍人を逮捕させようとコサックが嘘をついたかもしれない」

試されているのだとわかった。

「考えられます。だからこそ渡部将軍の所在をつきとめ、その通信を調べたいのです。本人の公式アカウントに不審なやりとりはありませんが、三つの裏アカウントをナチスとの連絡に使っていました。暗号化されているため、暗号解析班に解読を依頼しているところです」

「鑑識の靖の報告は読んだか？　メッツガー博士の電卓についてのものだ」

「まだです。この報告のあとに読むつもりです」

エレベータが停止した。出たところは地下の格納庫だ。巨大なメカの脚部コンポーネントが、数十人の特高の技官によって調べられている。

「これは？」

「ダラス都会の猪田《いだ》駅からロサンジェルスの南のロングビーチへ送られる予定だったものだ。さいわい内通者から情報がはいった。関係者を尋問したところ、すでに複数の部品がロングビーチへ送られたことがわかった」

「目的は？」

「調査中だ。沈黙線付近の憲兵隊員から、三カ所のメカ廃棄場が荒らされたとの報告があり、詳しい情報を集めた」

「旧式のメカと放射性のＢＰＧが廃棄されている場所ですね」

「そうだ。アリゾナのジャンクヤードやサンディエゴの廃墟にくらべると警備は手薄だ。記録も少ない。どんな部品が持ち去られたのかはっきりせず、廃棄場に残ったものから推測するしかない」

「だれかがメカを組み立てているのでしょう」

　槻野はうなずいた。

「そう考えるのが妥当だ。初期の報告では、盗難された部品は沈黙線でアメリカ人に売られ、そのキメラのメカの改造に使われているとされていた。しかし新たな情報をもとに、現在は異なる推測がされている。尋問班はさらに情報を引き出そうと急いでいる」

「この脚部は見覚えがあります」

「貴様もよく知るパイロット、新島リーナの搭乗機の予備コンポーネントとして盗み出されたものだと結論づけられた」

　その名を聞いてビショップは慄然とした。

「新島がどうかかわっているのですか？」

「その専用機サイレン號が、パイロットともども行方不明だ。最後に目撃されたのは沈黙線内にあるメカ廃棄場の一つだ」

「初耳です」

「機甲軍はこの事実を隠そうと躍起になっている。行方不明のパイロットはあと二人いる」

「その一人は……渡部プリスですか？」

「そうだ」

「新島がブラディマリーに協力しているとは信じられない。人物としては嫌いですが、機甲軍でもっとも献身的なパイロットの一人だと思っていました」

「貴様と新島のかかわりは知っている。しかし個人的な見立てでは、彼女の忠誠心は貴様のそれとおなじではない」

「テロ組織に参加している可能性があると？」

「ありえないと思うか」

「俺が知らない事実をご存じなのですか？」

「国賊が簡単にみつかるなら特高はいらん」

「悪賢い国賊もいらないでしょう」

「新島の夫と家族全員は山崗総督に処刑されている」

「理由は？」

「多村総督に協力した国賊として告発された」

「有罪だったのですか？」

「死刑になったのだからそうだろう」

「俺の父は濡れ衣で死刑判決を受けました」

「たしかにな」槻野は認めた。「父上は名誉を重んじて皇国の変革を試みられた。しかしその高潔さがあだになった。ただしようのない不正をただそうとして犠牲になった人々は、ほかにも多い」

ビショップは、槻野と最初に会った日のことを思い出した。虚偽の告発で父を死に至らしめた憲兵隊員に会わせてやると連れていかれた。空路南へむかい、メキシコ日本連邦のモンテレー郊外にある牧場に到着した。

「女の名は金古《かねこ》ティファニーだ」

槻野は教えながら、金古が当時提出した正式な告発状を電卓ファイルで見せた。ビショップは目を通してから尋ねた。

「いまも憲兵隊の所属ですか？」

「十八年前に退職している」

「その身になにか起きたら、報復を受けますか？」

「受けるとしたら貴様はためらうか？」

ビショップは父親のことをあらためて思い出した。家族と話すのは最後だと知りながら、あえて声に力をこめていた。

「いいえ」

二人は牧場の母屋にむかった。高齢者と要介護者のための施設だ。多くは車椅子や機械補助具を移動のために必要とし、看護師の介助を受けている。施設名のわかる看板などは出ていないが、壁にかけた記念品のたぐいから退役軍人や軍関係者の施設と察せられた。

管理人が出てきた。槻野は身分証を提示して命じた。

「金古ティファニーのところへ案内しろ」

管理人はうなずいてから、二人が携行する銃を見た。

「医療班が必要でしょうか？」

槻野はビショップを見てから答えた。

「そのときになればわかる」

めあての憲兵隊員にはなにか問題があるらしい。一歩ずつ近づきながら、かつての怒りが蘇ってきた。父の死後に家族が歩んだ苦難の日々を思い出す。ほかの生徒から浴びせられる侮蔑や嘲弄《ちょうろう》には耐えた。虚偽の告発で父が死んだという怒りのほうが耐えがたかった。

あらわれたティファニーは、端正な顔に長い金髪の四十代の女性だった。庭いじりをしていたが、管理人から「お客さんよ」と声をかけられ、立ち上がって二人を迎えた。

「お客さまなんてうれしいわ！」ティファニーは声をあげてから、槻野に言った。「見覚えがある気がするけど、お会いしたことが？」

「昔の友人だ」

「あら、ごめんなさい。記憶が正常でなくて」

「どういうことだ」ビショップは訊いた。

「過去をよく思い出せないのよ。お医者さまによると、テロ攻撃で脳機能が低下する病気になったんですって」

「父を殺したことも憶えていないというのか？」

ティファニーは心から驚いた顔になった。

「お父さまを殺した？　なんのことかしら」

「おまえは俺の父を殺したんだ！」

「心あたりがありません」

ビショップは槻野にむきなおった。

「こいつが言っているのは本当ですか？」

「残念ながらな。テロ組織ＮＡＲＡが使った生物兵器のために、標的にされた人々の多くは深刻な脳障害を負った。死亡をまぬがれたとしても、脳機能が大きく損なわれ、記憶を失った」

ビショップはティファニーをにらみつけた。

「憶えてなくても関係ない。罪は罪だ」

ホルスターから銃を抜き、金古ティファニーにつきつけた。ティファニーは恐怖の顔で地面にへたりこみ、泣きだした。涙声で言う。

「なんのことかわかりません。誓ってわたしはなにもしてません」

ビショップは槻野を見た。

「本当に本人ですか？」

「まちがいない」

ビショップは怒りの目でティファニーを凝視した。涙と鼻水で汚れた顔。それでも撃ちたい。これほど至近距離で、しかも非武装の相手を殺したことはない。しかし一族の仇だ。母親の姿が脳裏に浮かぶ。夫の非業の死を受けいれられないままだった。

本人確認が必要だ。金古ティファニーの電卓ファイルを見て、相手と照らしあわせた。若いときの写真だが、同一人物であることは疑いない。

撃つべきか。記憶がないのは本当らしい。だからといって罪も消えるのか。

手が震える。弱気になるなと自分を叱咤した。しかし無力で当惑した相手を見るほどに気持ちが揺らぐ。

弟を思い出し、母を思い出した。すると新たな怒りが湧いた。

ティファニーの額を狙って二度引き金を引いた。

しかしなぜか発射されない。銃の故障か。

ティファニーが立ち上がり、ゆっくりとゴム製のマスクを顔から剝がした。管理人が手伝って、〝ティファニー〟の残りのメーキャップを除去していった。

槻野がビショップの肩に手をおいた。

「弾は抜いておいた」

「俺を試したんですか？」ビショップは茫然とした。

「そうだ。正直に言うが、上層部は貴様の警察時代のマイナス評価から、特高課員としての適性に疑問を持っていた。しかしあたしは、そんなささいな評点は関係なく、ほかの候補者より強い意志を持っているはずだと主張した。それをいま確認できた」

「なにがなんだか。いまの女性は？」

「特高課員の一人だ」

「俺をだましたんですか？」

「意志を試した。倫理的な葛藤がある状況でも復讐を実行するかどうかを見たかった。たいていの者は決意が鈍って看過してしまう。それは特高課員の資質としてふさわしくない。

貴様は相手が過去を憶えていなくても撃った」

倫理的に解説されると矛盾がきわだつ。

「それは悪人では？」

「それが特高だ」

「本物の金古ティファニーはどこに？」

「二十年前にあたしが殺した。貴様の父上の仇として。おなじ状況でな」

愕然として槻野を見た。

「記憶を失った彼女を、ということですか？」

槻野はうなずいた。

「迷いましたか？」

「かもな」

槻野はめずらしく葛藤をうかがわせる声で言った。

「ありがとうございます、昭子さん」

「なんの礼だ」

「父の復讐を遂げていただいて」

「自分のやるべきことをやったまでだ。貴様もおなじことをやった。特高に歓迎する」

現在にもどってビショップは槻野に尋ねた。

「臣民はどうすればいいと？」

「それを考えるのは政治家の仕事だ。特高ではない」

「政治家に命運をゆだねたら悲惨なことになります」

槻野は金属の手をビショップの肩において小声で言った。

「気をつけろ。目標を確保するときに同情することと、国賊的思想を持つことはほとんどおなじだ」

「わかりました……。それで、行方不明の三人目のパイロットは？」

「嶽見ダニエラという」

名前を聞いてビショップは驚いた。槻野はそれを見てとった。

「知りあいか？」

励子が探していることや、今朝ロサンジェルスで目撃されたことを話した。

「偶然とは思えません」

「守川大尉がダニエラの失踪を手伝っている可能性は？」

「ないと思います」

「思いこみではないか？」

「たしかです」

「信用しているのか」

「信用ではありません。勘です。ダニエラの失踪については守川のほうから話しました。通信記録に不審な点がないかも調べました」

「結果は」

「シロです」

　槻野はその結論を受けいれたようだ。

「三人はそれぞれ特高課員に追わせているが、いまのところ成果はない」

　いずれも〈戦争の息子たち〉の関係者だが、それ以上のつながりはまだ見えてこない。

　一人の特高課員が槻野のもとに来て、スペイン語で報告した。ビショップは理解できなかったが、槻野は流暢なスペイン語で返事をした。一部のフレーズから、だれかに電話しろという指示のようだが、詳しくはわからない。課員は敬礼して去った。

　槻野はビショップに言った。

「まず靖の話を聞け。メッツガーの研究についてわかったことがあるはずだ。そのあとは山森組の調べを続けろ。部品の密輸にだれがかかわり、どのように連絡していたかをはっきりさせたい」

「ロングビーチのほうは？」

「あたしが行く」

ビショップは低頭して辞去した。

靖は前哨拠点の西の区画にいた。病院のような部屋になっていた。円筒形の容器がずらりと並び、特殊な液中で人間が停滞状態におかれている。多くは全身に奇妙な腫瘍ができている。

「これは？」

「モタ・バイオラボという設備だ。俺の個人的な研究室だ」靖は答えた。

「この人たちは？」

「沈黙線でナチスの生物兵器にさらされた被害者だ。死亡寸前でウイルスによる組織破壊を停止させ、こうして停滞状態で研究している」

「こんなに何人も」

「少ないくらいさ。ただ、おまえに見せたいのはこれじゃない」

靖はビショップをテーブルに案内した。切り離された一本の腕がおかれている。皮膚の一部を押すとパネルが開いた。内側は化学物質と配線が詰まっている。

「なんだ、これは」

「これがウルフヘトナーだ。ドイツ語だが、もとは北欧神話の戦士をさしてる。オーディンの精鋭部隊の一人で、いわゆるバーサーカーに近い。変身するという特徴も符合する」

「なにに符合するんだ」

「こういう生物工学的に改変された手足を持ってるところだ。そして内部に高性能爆薬をしこまれている」

「なんのために」

「自爆テロの道具さ。スキャンしても通常の人体との差異はほとんどなく、熟練した診断者でないかぎり見分けられない。ウルフヘトナー義肢をつけられた本人も体内に爆発物が埋めこまれているとは気づかない」

「そんなことが可能なのか？」

「偽の肺や臓器などに隠されている。身体機能は正常なままだから、爆発物が体にはいってるとは知らずに生きている。町を歩いていて突然ドカン！　周囲の多数を巻き添えにして死ぬ」

「恐ろしいな」

「そして興味深い。ちょっと待て。両腕を上げろ」

「なぜ」

「検査する」

言われるままに両腕を上げると、靖は電卓のセンサーでビショップを頭から爪先まで調べた。

「おまえはウルフヘトナーじゃないな。生きたサンプルがほしいんだ。どうやってメッツガーが人体をだまして偽物の部品を埋めこんでいたのか知りたい」

皮肉をこめてもこいつは気づかないだろうと思いながら、ビショップは言ってやった。

「みつけたら鑑識の靖を訪ねろと言っておくよ」

「よろしく頼む。おまえは杉元《すぎもと》スタンリーってやつの捜索にロングビーチへ派遣されるはずだ。メカ部品の送り先として名前が出た。むこうでは協力者が調べていて、所在が判明したら連絡がいくことになってる」

「こっちに残って山森組の調べを続けろと、槻野さんから言われてるんだが」

「新規の命令が出てるはずだ。電卓を見ろ」

するとたしかに、特高の副本部長から直接命令が送られてきていた。杉元スタンリーを捜索し、その過程で発見したウルフヘトナーを全員拘束せよとある。副本部長から命令を受けたのは初めてで驚いた。なぜ槻野を通さないのか。秘密許可レベルの問題があって頭ごしなのか。

「メッツガーのラボを調べたかぎりでは十八人いるはずだ」

靖がうれしそうに言った。ビショップは耳を疑った。

「ウルフヘトナーが十八人もいるのか？」

「そうだ」

「どこに？」

「わからん。しかしメッツガーはすくなくとも三十人の顧客にウルフヘトナーを売ろうとしていた。例の貨物機にも何人か乗せられていて、その一人はブラディマリーに殺された。おかげですべてつながった」

「じゃあ、そいつらはいまブラディマリーの手中ということか」

「たぶんな」

この任務の緊急性がようやく理解できた。副本部長から直接指示が来たのはそのためだろう。

「いい知らせが一つくらいないのか？」

「どこに悪い知らせがある？」

本気でそう思っているらしいのであきれた。靖らしい。

飛行機はすみやかにロサンジェルスへ飛んだ。そして着陸しないうちから、ビショップの電卓には全特高課員むけの緊急連絡が立てつづけにはいった。

第一報を見て懸念で胃が縮み、報告を読みすすめるうちにきりきりと痛くなった。アルバラード銭湯で爆弾事件。速報に続いて現場からの中継映像が流れる。総兵秘匿作戦隊の横山大尉への凄惨な暴行に目をおおう。確証はないが、爆発を起こしたのはウルフヘトナーとみてまちがいないだろう。

励子から電話を受けて、現地で落ちあうことを約束した。特高が用意した車が待っていて、目的地を入力すると自動的に走りだした。

空港からは三十分かかる。義妹からの着信履歴に気づいてかけなおした。

「やあ、マイア。そっちは無事かい？」

フロントガラスに亡弟の妻の姿が映し出された。

「こちらは大丈夫。爆弾事件はどんなようす？」

「それは話せない。とにかくＬＡにはもどった」

「うちに寄れる？」

「寄れるとしても今週後半だな。とにかく、しばらくは人が集まる場所に行かないほうがいい。絶対に」

「脅迫しているブラディマリーというのは何者？」

「捜査中だ」

「わたしたちにも危険がある？」

「もし危険になったら救出にいかせるよ。レナは？」

レナが画面に出て手を振った。ビショップは笑顔で言った。

「レナ！　演奏のビデオを見たよ」

「どうだった？」

「とてもよかったよ。そのうち行くつもりだけど、まだ仕事があるんだ」

「コンサートには来る？」期待をこめて訊く。

「行きたいと思ってる」

「コンサートが終わったらアイススケート場に行きたい。そしてかき氷を食べたい」

「そうしよう」

　もっと話したかったが、読むべき緊急レポートがまた何本かはいった。特高は電卓の使用状況を監視しているので、いつまでも無視しているわけにはいかない。

「もう切らなくちゃいけない。一、二日は屋内にとどまるんだよ。そのうち会いにいくから」

姪のあとにまた義妹が出た。

「切るまえに話しておきたいことがあるの」

「なんだい」

「レナが学校でおかしなことを言いだしてるのよ」

「なんて」

「将来は特高になってみんなを取り調べしてやるって」

幼い姪が特高課員としてふるまうさまを思い浮かべて、ビショップは苦笑した。しかしマイアは笑いごとでなさそうだ。

「今度話して、冗談じゃすまないと言って聞かせるよ」

「通じるかしら。父親に似て頑固なところがあるから」

通話を終えた。

幼いころからきかん気が強かったレナのようすを思い出した。嫌いなものは絶対に口をつけず、好きなものが出てくるまで泣きつづけた。食べたがるのはたいてい大人とおなじものだった。「甘やかしすぎだ」という弟の冗談めかした批判を、ビショップは姪の好きなものをつくってやりながら、「人生は短い。うまいものを食うべきだ」と一蹴した。弟も口ではとがめながら、手はレナ用のかき氷をつまみ食いしていた。

電卓に追加で送られたレポートを読んだ。アルバラード銭湯の犠牲者数は数百人に達し、まだ増加中。消防隊は完全鎮火まで一晩かかるとみている。

機界の交流空間に保存してある昔の写真を見た。元妻と自分、さらに赤ん坊のレナを抱いた弟一家といっしょに旅行に出かけたときの写真があった。このころの姪は会うたびに大きくなった。一人ではいはいし、手を借りずに立ち上がり、歩きだした。「ビショップおじちゃん！」と初めて呼ばれたときのことはよく憶えている。もうおじさんなのかと奇妙に感じたものだ。

アルバラード銭湯に到着し、ちょうど消防支援に着任する二機のレスキューメカの隣で、励子と合流した。爆弾事件の現場をまのあたりにして絶句した。

「特高の失敗だ」沈黙ののちにビショップは言った。

「なぜ特高の？」と励子。

「事前にブラディマリーを拘束できなかった」

「あんたのせいじゃない」

「でも特高の仕事だ、国内の脅威を取り除くのは。小さな思想犯罪を追うのに汲々《きゅうきゅう》として、こんな大犯罪を見逃してしまった」

「小さな思想犯罪が重大な思想犯罪に発展することもある」

「そんなのは建前だ。ナチスの公式筋は爆弾テロを否定している。それどころか哀悼のメッセージさえ送ってきた。沈黙線の皇軍は最高度の警戒態勢だけどな」

「当然よ。ナチスは漁夫の利を狙ってるんだから」

「脅威はナチスのほかにもある。ダニエラはみつかったか？」

「まだ」

「事前に脱出したんだろう」

「だといいけど」

「総督はいまどこに？」

「身をひそめてる。でも無駄な気がするわ。相手はあの秘匿作戦隊さえ返り討ちにするブラディマリーよ」

ブラディマリーの危険性は理解しているつもりだったが、特殊部隊の精鋭をあっさり倒したことには背すじが寒くなった。

「総督の側近中にブラディマリーの手の者がまぎれている可能性は？」

「ありうるわね。アルバラード銭湯の保安態勢は厳重で、だれでも立ちいれる施設じゃない。そんな場所で〈戦争の息子たち〉を狙ってきた」

　励子の指摘にビショップは驚いた。

「なぜそれが狙いだと？」

　励子は金堂将軍のことを説明した。それを聞いてビショップは続けた。

「施設内の監視カメラ映像を要求しているところだ。残っているなら数時間で回収できる。それで施設内にいた全員を確認できる」

「〈戦争の息子たち〉が集合する時間と場所を犯人は正確に把握していたってことよ」

　捜索救助メカが腕を長く伸ばして、ふたたびあがった火の手にむけて放水しはじめた。

　ビショップはウルフヘトナーについて説明した。励子は銭湯の焼け跡を見ながら言った。

「そのウルフヘトナーというのがこの爆発にかかわったと？」

「俺はそうにらんでる。確定は靖の鑑識報告待ちだ」

「つまり、ブラディマリーの手もとにそのウルフヘトナーはまだ残っていて、メカ部隊さえ用意しているとみるべきなのね」励子の頭で点と点がつながりはじめたようだ。「ブラディマリーの脅迫への大衆の反応はどうなの？」

「インフラや交通機関の情報を見るかぎり、市外への脱出がはじまってる。渋滞はさいわいロングビーチから離れる方面で、俺が行くのとは反対方向だ」

「ロングビーチへ行くの？　なんの用？」

　杉元スタンリーについて説明した。

「わたしも行く」

「人手は多いほうがありがたい」

「じつはほかにも調べたいところがあるのよ」

「どこだ」

「発信機をつけた暗殺犯のティルトローター機が、ここからほんの四十粁《キロ》のところに着陸したらしいの」

　励子の電卓を確認した。ここから東で、ロングビーチとはまったく別方向だ。それでもコサックを殺した犯人が近くにいるわけだ。

「暗殺犯はロサンジェルスの人間なのか？」

「そうみたい」

「どっちを先にあたる？」

「あんたは杉元を追えと命令されてるんでしょう？」

　ビショップはうなずいた。

「協力者が杉元を探していて、みつけたらすぐ連絡が来る手はずになってる」

励子の口調はこわばって無関心そうなほどだ。なにかあるらしいとビショップは察した。

「暗殺犯の着陸場所はどういうところなんだ？」

「公式の地図では、放棄された政府施設ということになってる」

「そうではないと考えてるわけか」

「まあね。調べようとしたら、そこはなにもないと言われた」

「その説明を鵜呑みにはできないな」

「たった四十粁《キロ》だと思うと、どうなのか疑ってみたくもなる」

「俺が調べてもいいか？」

「できる？」

「やってみよう」

発信機の位置情報を自分の電卓に転送させた。それを特高の調査員に送り、調べるように手配した。すると直後に槻野から電話がはいって驚いた。

「ロサンジェルスにいるのか？」

「はい。ロングビーチへ行って杉元スタンリーを追えという新しい命令を受けました」

「そうか。位置情報の場所を調べたいのはなぜだ？」

「暗殺犯が逃亡に使った航空機がそこに着陸したからです」

「そこは総兵秘匿作戦隊の秘密訓練場だ。貴様は近づくな。ロサンジェルスの拠点から課員をやって調べさせる。あたしもすぐロサンジェルスへ行く」

「ありがとうございます、警視監。ところで一つお願いが。姪が市内にとり残されています」

「人をやって安全地帯へ避難させよう」

「感謝します」

電話を切って、問題の場所は秘匿作戦隊の訓練場だと説明した。

「それってつまり……」励子は困惑顔になった。

「秘匿作戦隊がナチスの要人八人を暗殺したということになるのか……」

ビショップも困惑した。皇国の特殊部隊がなぜ関係しているのか。励子は黙りこんでいる。

「なあ、秘匿作戦隊の指揮権はだれにある？」

ビショップは訊いた。励子は返事をためらっている。しかたなく自分で答えを言った。

「山崗総督と〈戦争の息子たち〉。そうだな？」

「ええ」

「しかし、おかしいだろう。〈戦争の息子たち〉がなんらかの意図から特殊部隊を派遣し、ナチス幹部を殺害したとなると、開戦に至りかねない直接的な挑発行為だぞ」

「それが狙いかもしれない」励子は言った。

「だとしたら、なぜわざわざ俺たちが行ってるときに――」そこまで言って、ようやくつながった。「俺たちに罪を着せようとしたのか、〈戦争の息子たち〉は」

「信じられない。ほかに理由があるはず」

「どんな？」ビショップは疑わしげに訊いた。

「秘匿作戦隊の独断専行とか、べつの目的があったとか。じつは彼らじゃないのかもしれない。事実がはっきりするまで憶測はひかえるべきよ。わたしたちもいっぺんに多くを調べられない」

「秘匿作戦隊が命令なしに勝手に動いた？　そんなことがありうるか？」

励子は考えこんだ。

「どうかしら。でもまだ結論に飛びつくべきじゃないと思う」

ビショップはうなずいた。

「うちの上司が調べてくれる。こっちは杉元を調べて、その先にいるはずの渡部とブラディマリーを追おう」

励子もうなずいたが、決意が鈍っているようすだ。強気の仮面の裏に疑念が忍びこんでいる。

　そんな励子に同情した。時間はあまりないが、どこかで一息いれて元気を補充すべきだと思った。

「おい、飯は食ったのか？」

「おなかすいてない」

「俺は腹へった。ぱっと食えるものがいいな。近くにいい店はないか？」

「テイクアウトのハンバーガーとか」

「肉は食わないんだ。べつのにしてくれ」

「そうだっけ？　高校時代に上海《シャンハイ》でハンバーガー食べてた記憶があるけど？」励子は確認するように訊いた。

「昔は肉も食ってたさ」

「どうしてダークサイドに落ちたの？」

　ビショップの過去にはおおっぴらに話していない部分がある。しかし励子も似たような経験をしていると思うと、話してもいい気がした。

「テクサーカナ時代にナチスの捕虜になったんだ。無能な上官のクソ命令のせいでな」

「あんたのプロファイルに書いてあったわね」

「ナチスの拷問を受け、体をあちこち焼かれた。それ以来、肉を焼くにおいがすると吐きそうになる」

「不愉快なことを思い出させちゃったわね」

「不愉快な話を聞かせたな。いまでも命令を出したクソ上官を思い出すと腹が立つ」

「同情する」

気まずい沈黙になり、それを破るためにビショップは無理やり言った。

「うまい麵料理の店とか心あたりないか?」

「あることはあるけど。野菜は食べられるの? 植物も意識があるらしいけど、かわいそうじゃない?」

「おまえは野菜がかわいそうか?」

「んなわけあるか。じゃあ、連れてったげる」

ダウンタウンとはちがい、ロサンジェルス西部はおおむね平坦だ。ミラクルマイルとビバリーヒルズは商業地区と住宅街として繁栄し、ロデオ・ドライブぞいには海外産の安物を売る店が並んでいる。ラブレア、ウィルシャー、フェアファクスといった集合住宅が建ち並ぶ地区を通り抜けていった。そこからラシエネガ・ブールバードを渡って一本むこうの通りに、励子ご推薦の麵料理店はあった。

「ここは最高の伊勢うどんを出す店よ。麺は極太で噛みごたえがあって、黒いつゆは極上の出汁が使われてるの」

うまいものを食べれば気分が変わるといいたげに励子は言った。しかしビショップは疑問を呈した。

「そうかあ？　伊勢志摩でも由緒正しい伊勢うどんの店はごく少ないと聞くぞ。なのに本土以外に伊勢うどんの名店があるとは思えないな」

「だったら隣にトラフグ料理の有名店もあるけど、そっちにする？　勇気があるなら」

「うどんがいいな」

「最初っからそう言え」

ビショップは苦笑した。

「怒るな」

店内は煙と湯気が充満していた。奥の厨房からは真っ赤な炭火が見える。エアコンがないのでたちまち汗をかいた。しかしうどんの香りの誘惑には抗しがたい。

二人は狭いところに席をとり、励子が伊勢うどんを注文した。

運ばれてくると、励子はビショップの反応を見た。一口食べて、なにか言おうとしたとき、電卓に電話の着信があった。

「すぐもどる」

急いで店外へ出た。

相手は靖で、アルバラード銭湯からサンプルを回収してきた特高課員についてえんえんと愚痴を言った。

「あの無能さは無知蒙昧《もうまい》のド素人というしかないぜ」

ビショップは適当にさえぎって訊いた。

「それで、爆発の原因は特定できたのか？」

「ウルフヘトナーだ」

靖は断言して、さらに詳しく説明した。励子の友人の嶽見ダニエラが容疑者と接触したことも確認できたという。

ビショップは話の後半に困惑した。靖は言った。

「俺はこれから那《な》珂《か》原《はら》共同へ行ってさらに調べる。おまえは杉元を発見したら来てくれ」

ビショップは店内にもどり、励子に電話のことを説明しようとした。しかし励子はさえぎった。

「まず食べるものを食べて。話は外で」

そこでうどんの続きにとりかかった。ふと励子が左手で食べているのに気づいて訊いた。

「おまえ、昔から左利きだっけ？　それとも両利き？」

「なんで？」

「へんな話だけど、俺は人が食べるときに使う手をよく憶えてるんだ。俺の握った鮨を昔は右手で食べてたよな」

「もとは右利きだった。カンザスまでは」

「カンザスでなにがあったんだ？」

「話してなかったっけ？」

　ビショップが首を振ると、励子は右腕を上げた。

「カンザス大虐殺で重傷を負ったのよ。一年間、腕が動かなかった。そこで機械増強の手術を受けて、曲がらない関節を義肢に交換した。でも結局、メカ設計の仕事には復帰させてもらえなかった。痛みが出て仕事ができないだろうと思われてね。そんなときに第二の機会をくれたのが〈戦争の息子たち〉だった」

「いい人たちだな」

「それだけじゃない。旧体制を変え、機会を失った人々に機会をあたえようとしてくれる。わたしのメカにサラマンダー・システムを組みこんでくれて、おかげでまた腕を動かして操縦できるようになった。そういうことを会員一人一人のためにやってくれるの」

「おまえが参加したのは当然か」

「仕事にもどる目的だけじゃない。最大の目標はカンザスの復讐」

「復讐って？」ビショップは困惑して訊いた。

「一般論よ」励子は言いつくろった。

問いつめようとして、やめた。あとにしよう。

電卓で支払いをすませて店を出た。

「それで？」励子が問うた。

「ウルフヘトナーだった。身許もわかった」

「うどんの話」

「意外とうまかったよ」

あっさりした答え方になってしまった。励子は冗談めかしたしぐさでビショップの肩を叩いた。

「舌の肥えた料理人を誘ったわたしがばかだったわ」

「気にいったってば」

「お世辞で言ってない？」

「そんなこと言うもんか」

「お世辞だったら殴る」励子は機械の腕を振り上げてみせた。「それで、だれだったの？」

「鑑識の靖によると、今回のウルフヘトナーの身許は高橋重郎《じゅうろう》陸軍中尉だ。俺も知っている、というより陸軍時代の戦友だ。おなじロケットパック隊だった。〈戦争の息子たち〉の会員かどうか、わかるか？」

「聞き覚えはないけど、調べてみる」

「おまえの友人のダニエラは、その高橋と会っていたのがわかった。なにを話したかは不明。ダニエラは顔をベールで隠していた。監視カメラの初期の顔認証にひっかからなかったのはそのためだ。その後の足どりは不明だが、銭湯を出たのはたしかだ」

励子は驚きの表情だ。

「この爆発に関与したってこと？」

「状況からするとな。さらに情報を集める」

励子はウルフヘトナーに話題を移した。

「高橋とあんたは親しかったの？」

「親しいというほどじゃない。何度か飲みにいった程度だ。タフな男だった。それがどんないきさつでメッツガーの手にかかったのか。そもそも自分がウルフヘトナーだとわかっていたのか……」

「自覚がなかったってこと？」

ビショップはうなずいた。

「おそらく。だれがウルフヘトナーでもおかしくない。答えがわかるのは死ぬときだ」

車に乗って、電卓を確認した。しかし杉元発見の報告はまだない。フリーウェイ四〇五号線をロングビーチへむけて南下した。北行きの対向車線は大渋滞だ。

「むこう側は大変だな」

「陸軍は非常線を張ってる？」

励子はこういう爆弾事件が起きたときの標準的な手順を理解している。

「市外へ脱出する交通の流れにブラディマリーがまぎれてないかは調べるさ」

「逃げるとは思えないけど」

「まあな。でも確認は必要だ」

ビショップのあくびに気づいて、励子は時計に目をやった。

「杉元がまだみつからないなら、いまのうちに仮眠とったほうがよくない？」

「妙案かもな」ビショップは認めた。

「ロングビーチにいいカプセルホテルがあるけど」

「カプセルホテルは棺桶にはいった気分でいやだ」

「死の予告篇のつもりで」

「その予告篇はもういやというほど見た」

ロングビーチの数粁《キロ》手前でモーテルにはいり、ツインの部屋をとった。すでに深夜だ。

ビショップは左のベッド、励子は右のベッドを使った。

ビショップは銭湯とその犠牲者について考えつづけた。やがて意識と無意識がまじりあい、自分も銭湯にいた気がしてきた。まだ爆発は起きていない。人々は集まって世間話をしている。ビショップはなぜかロケットパックを背負った姿で、人々に叫び、これから起きることを警告した。しかしだれにも声が届かない。かわりにナチスがやってきて、ふたたび捕虜にされた。ロケットパックを脱がされ、体の肉を剝ぎ取られた。低いうなりが聞こえ、床が揺れた。だれかが叫んでいる。自分の悲鳴で目を覚ました。

「ビショップ！　ただの夢よ」

励子に揺り起こされたのだ。混乱して訊いた。

「ここは……どこだ？」

「モーテルの部屋」

目をこすり、夢かとほっとした。ふたたび枕に頭をのせたが、もう眠れない。夢の断片的なイメージと不安が残っている。右をむき、左をむき、快適な姿勢を探したがだめだ。夢のなかで無防備になるのが怖い。

しばらくして励子が声をかけた。

「眠れないの？」

「ああ」

「なんの夢だったの？」

「飛んでる夢だ。テクサーカナでのいやな経験が無意識に残ってる。ナチスはなぜああなんだ？」

「あんなふうに破壊的で凶悪な拷問をやる狂気の殺人者なのは、なぜなのかと問いたいの？」

「そうだ」

「なぜかしらね」

「ナチスを捕虜にすると、なぜおまえたちはそんなに残酷なのかと質問するんだ。するとやつらはぽかんとして、なんの話かわからないという顔をする。そしてなにを訊いても否定する」

「ブラディマリーもおなじ反応かしら」

「わからん」

「逮捕したらわかるわね」

ビショップは苦笑を漏らした。

「こっちが生き延びられたら御《おん》の字だ。しかし今度ばかりは悪い結末になりそうな気がする」

励子は運命論的な言いぐさが気にいらないようだ。

「だったら任務を断ればよかったじゃない」

「命令されたんだ。おまえだってそうだろう」

「わたしは……じつはこの事案からはずれろと命じられたのよ」

「そうなのか？」

山崗総督の命令と、引き続きやらせてくれと直訴したことを説明した。

「ばかだな」

ビショップに言われて、励子は笑った。

「否定できない。あんたは任務をはずされたらなにをしたかった？」

「姪と遊んでただろうな」

「姪ごさんは何歳？」

「八歳。カルバーシティに母親と住んでる。学校で気にいらないことがあると、将来は特高にはいってみんな取り調べしてやるって脅すらしい」

「生徒たちはびびるわね」

「まったくだ。おまえのやりたいことってなんだ」

「非戦闘用のメカをつくりたい。メカといえば戦闘用ばかりだけど、非戦闘の用途だってあるはずよ。深海探査用とか宇宙探査用とかつくってみたい」

「いいな」

「それが夢」励子は言った。「頼まれたブラディマリーのファイルは送ったけど、見た？」

「見たよ。ありがとう。彼女の過去の任務がいろいろわかった。何百人も暗殺してるな。でも肝心のことはわからなかった」

「肝心のことって？」

「本名」

それは励子も考えつかなかった。

「ファイルにはなかった。入隊以前の経歴も書かれてない。最初にブラディマリーの名が登場するのはマンハッタンでの戦術行動だ」

「なにをしたの？」

「ナチスに機密情報を流していた国賊を暗殺した。熱したスチームアイロンで殺したらしい」

「なんでも凶器にするのね」

「ペーパークリップでも人を殺せるはずだ」

「ほかになにが書いてあった？」

励子は訊いたが、返事はなく、穏やかな寝息だけだった。ビショップは眠っていた。励子はむこう向きになって自分も眠った。

午前四時。励子は揺り起こされた。

「電話がはいった。協力者の一人が杉元をエデン・フードコートで発見した。目を覚ますのにカフェインが必要か？」

「いえ、大丈夫」

エデン・フードコートは、食事をする場所というよりナイトクラブだった。正面エントランスでは派手な看板が点滅し、ホロ映像のダンサーが踊っている。しかし店内は予想したほど騒々しくなく、むしろ静かで不気味なほどだ。

あらわれた接客係はベイパーと名乗る若い男で、お辞儀をした。

「特高からのお客さまとは光栄です」

バッジを出さなくてもビショップの職業がわかるらしい。

「杉元スタンリーを探している」

「残念ながら当店ではお客さまのお名前はうかがっていません」

ベイパーは髪を白く染め、白のコンタクトレンズをいれている。ビショップはそのボウタイをつかんで整えてやりながら言った。

「おまえが電気仕掛けのロバでこっそりやってる副業はよく知ってるぞ」プロファイルを電卓で見ながら言った。「客の食べ残しを持ち帰って生体改造ペットに食わせてることを、ボスは知ってるのか？　おとなしく杉元のところへ案内したほうが身のためだぞ」

ベイパーは驚きと恐怖の表情になったが、なんとか平静をよそおっている。

「申しわけありませんが、本当に当店ではお客さまの名前は存じ上げないのです。秘密保持は重要ですから。食べ残しについては、どうせ捨てるものですから」

警備員が何人もいるところで暴力に訴えるのは得策でない。そこでベイパーの個人的なメッセージや通信記録をのぞいた。

「女性関係のやりとりはさすがに気をつけてるようだな。なにしろ相手はボスの――」

ビショップが言いおえるまえに、ベイパーはすばやくさえぎった。

「ああ、杉元さんのことをいま思い出しました。ご案内します。ところで当店のルールはご存じですか」

「どんなルール？」と励子。

「店内での会話は厳禁です。意思疎通は声を出さずにお願いします」

「質問はどうするんだ？」ビショップは訊いた。

「筆談、身ぶり手ぶり、読唇術など。とにかくいかなる場合も言葉を発したお客さまは退店していただきます」

励子と目を見かわして、うなずいた。

接客係は分厚い鉄扉をあけ、二人がはいると閉じて外の騒音を遮断した。二人が脱いだ靴は店員がどこかへ片づけた。廊下には浮世絵が何枚も飾られている。高名な画家キルゴアが千種類のプランクトンを精密に描いた連作だ。聞こえるのは足音と人工の滝の水音だけ。すれちがう人々はみな無言で、身ぶりで意を通じている。

「これは――」

ビショップが言いかけると、接客係が正面に立った。ひとさし指を口にあて、きびしい顔で緘黙《かんもく》をうながす。

最初の部屋では正装した男女が整列し、お辞儀で来客を迎えた。客はさまざまな職業の服装をしている。守衛、焚書官、ソーラー船乗り、建設作業員、メイドなど。ビショップは露出の多いチアリーダーの格好をした男や、ドイツ製の宇宙服を着た女に興味を惹かれた。廊下にはドアが並び、ほかの部屋へ通じる廊下や階段がいくつも枝分かれしている。迷路のような店内に種々雑多な職業の人々があふれ、身ぶりだけで話している。じつは夜が更けると店内の雰囲気はもっと艶めかしくなる。手をふれ、体を寄せ、キスすることが許される（ただし電卓経由の同意が必要で、違反者は厳重に取り締まられる）。

こんなところでボディランゲージだけで他人と会話しながら一晩すごすのはどんな気分だろうとビショップは思った。

たくさんの料理が供されていた。珍品の松茸、大トロの盛り合わせ、スライスしたトリュフと和牛のたたき、キャビアをのせた特製のスフレ、鯖《さば》と鮪《まぐろ》の握り、繊細なカルパッチョ……。

こういう広間を三つ通り抜けて、ようやく異なる部屋に到着した。ここでは動物の格好をした客が四人いる。接客係はめあての部屋だと身ぶりでしめした。

ビショップは四人を電卓で調べて、声で言った。

「杉元はいないじゃないか」

ベイパーは怒った。カンガルーの着ぐるみを着た四人の女は顔を真っ赤にして、あらゆる種類のジェスチャーをした。

ビショップは苛立って、かまわず言った。

「どこにいるんだ？」

ベイパーは反対方向を指さした。

グラスを片手に近づいてくる男がいた。アライグマの着ぐるみの上から金のネックレス三本、プラチナの指輪五個、ほかにも宝飾品をじゃらじゃらと身につけている。目のまわりもアライグマそっくりに黒く塗っている。唇が薄く、ほうれい線は深い。

「やあ、杉元スタンリー」ビショップは言った。

「ここは発声禁止ですよ！」杉元は怒った。

「なら場所を変えて話そう」

「どなたですか？」

「特高の若名ビショップだ」

特高と聞いて、杉元の渋面がひきつった従順な笑みに変わった。

「なんのご用ですか？」

「きみあての荷物について質問したい」

「突然変異種の巨大アリゲーターの件なら、よろこんで引き渡しますよ。観客を何人も噛み殺して手に負えない。大金を投じたのに大損です」

「巨大アリゲーターとは別件だ」

表示されるプロファイルには杉元の手広い商売や財産について詳細に説明されていた。偶然みつけた雄性発生を商売の種にした。精子がほかの魚の卵核を追い出し、卵を乗っ取る性質を利用したクローン作成法を考案した。これで味のいい鮪をいくらでも複製できるようになり、金に糸目をつけない鮨屋を相手に巨万の富を築いた。ほかにもベアリング工場やキャバレーや演芸場などを多角経営している。それらの事業で人や動物の命を軽視しているとたびたび訴訟を起こされるが、たいていすぐに取り下げられたり、原告が行方不明になる。

「どこかに話せる部屋はないか？」

ビショップが言うと、杉元は接客係をしめした。

「尋ねればよいでしょう」

案内された先は多数のディスプレイが並ぶ部屋だった。画面はさまざまな身ぶり手ぶりの店内の客を映している。人間の多様な感情をパントマイムで表現した展示場のようだ。

接客係は音響キャンセラーを起動した。これでどんな音もフィールドの外に漏れなくなり、立ち聞きの心配がない。

「では蟹の件ですかな？」杉元は勝手な推測を続けた。「生物工学者たちが売りこんできたんですよ、大型で味のいい蟹を作成できると。爪に毒素がたまるなんて聞いてなかった。調理人の遺族にどれだけ示談金を支払ったか」

「質問したいのは輸入してるメカ部品についてだ」

「メカ部品？　政府契約の事業などしていませんが」

杉元はもっともらしく驚いた表情をした。

励子が詰め寄った。

「渡部プリスやブラディマリーと連絡があるの？」

「バーのカクテルのことかね？」

「とぼけないで」

「とぼけてなどいない」

杉元のふてぶてしい顔に腹が立ち、ビショップは威嚇的に近づいた。

「このクラブの規則のせいで話せないのか？　それはあくまで自粛だ。話したくても話せないようにしてやろうか」

「ブラディマリーやワタナビなんて名前は聞いたこともない」杉元は渡部を誤って発音した。「荷物に疑問があるなら会社の担当部長に問いあわせればいい。わたしは日常業務にかかわってない。そのために人を雇ってるんだ。なんなら電卓を調べてもらっても――」

言いながら懐に手をいれ、取り出したのは銃だった。

励子が右腕を上げた。銃弾はその金属の義腕で跳ね返された。

杉元は逃げ出した。

ビショップは励子の出血に気づいた。

「大丈夫か?」

「平気。今夜はあんたが見てない方向を見張ってる」

「仕事の顔だな」

「そうでなかったら張り倒される」

「同感」

「べつのやり方をしてみない?」

「どんなやり方だ」

「尾行する。渡部とブラディマリーのところへ勝手に案内してくれるかも」

「二人のところへ行ってくれればな」

「行くはずよ」

励子は確信をこめて言った。ビショップはうなずいて同意した。

二人は追跡をはじめた。杉元はいくつかドアを通り抜けていった。

「靴を履かずに走るのはおかしな感じだ」ビショップは言った。

「あとで取りにもどらないと」

追っていった先は大きな舞踏室だった。数百人が踊っている。多くはペアだ。全員が奇妙な面をかぶり、音楽なしで動きをあわせている。面の表情は見る角度で変わる。神の怒り、冷淡な愉悦、荒々しい欲望……。杉材の面に刻まれ、天然の顔料で描かれた顔が千変万化の人間の感情をあらわす。声はなくとも体の振りが感情を雄弁に語る。

中央に円柱が立ち、その上に歌い手がいた。やはり面で顔を隠している。声に出して歌ってはいない。白い衣装が白鳥を思わせる。

励子が怒鳴った。

「杉元スタンリー、どこにいる?」

だれも答えない。

ビショップは客の面に手をかけた。無言の抗議を無視して一人一人剝がしていく。励子もならった。

「いるのはわかってるんだぞ」ビショップは声を張り上げた。

一部は面を取られまいと抵抗した。殴りかかる者もいたが、ビショップの拳を胸に受けておとなしくなった。その面をはがす。残念ながら杉元ではなかった。

ビショップは拳銃を抜き、天井にむかって撃とうとした。

すると歌い手が必死の形相で、広間の反対の角を指さして叫んだ。

「あっちよ！」

侵入者に出ていってほしいのだ。

励子とビショップは客を押しのけて追跡を再開した。杉元がドアを押しあけて奥へはいるのが見えた。

その先は厨房だ。数人の調理人がいい香りのチャーシュー入り味噌ラーメンをカートにのせて運んでいる。イカを揚げ、鮨を握っている。蟹がぎっしりはいったタンクがある。積み重なった蟹は身動きできずに調理される運命を待っている。普通の倍くらいの大きさで、これが爪に毒があるという改造種だろうか。

杉元はアライグマの着ぐるみを脱いで下着姿になっている。胸には人間を丸呑みにする龍の刺青。杉元はビショップに銃をむけた。

先に励子が撃ち、特殊な弾丸がその右足首にあたった。杉元は転倒して銃を取り落とした。

「う……撃たれた、撃たれた！」

「死にはしないわよ」と励子。

杉元は銃を拾って乱射した。その一発が調理人の胸にあたった。ビショップは駆け寄ってキッチンカウンターの裏に伏せさせた。他の厨房スタッフはすでに姿勢を低くしている。

励子が応射した。残念ながら命中はなかったが、射撃の腕はかなりのものだ。

杉元は厨房の裏口から逃げ出した。

二人は入り口にもどって靴を履き、クラブの外へ出た。すると、銃をかまえた四十人の地元警官にかこまれた。

「大包囲網ね」

励子が言うので、ビショップは説明した。

「この店をひいきにしている政治家が多いのさ。落ちる金も多額で、警察はおこぼれにあずかれる」

警察の責任者が拡声器ごしに言った。

「武器をおいて両手を高く上げろ。従わないと撃つ」

励子はビショップに訊いた。

「どうする?」

ビショップはにやりとして、声を張り上げた。

「特高の若名ビショップだ。退がれ。でないと全員まとめて逮捕するぞ!」

身分証を高くかかげる。

特高と聞いて、警官たちはすぐさま銃を下ろした。平身低頭で謝る者もいる。警官一人一人のプロファイルをビショップは電卓ごしに見た。受けとった賄賂の額、暴力行為による懲戒歴、収監者との不適切な関係……。

「姪っ子が特高になりたがるわけね」励子は皮肉った。

「ほめられない」

「跡を継がせれば」

テクサーカナでの経験をふまえて答えた。

「絶対反対だ」

本書は、二〇二〇年九月に新☆ハヤカワ・SF・シリーズ版と同時に文庫二分冊で刊行されました。

ユナイテッド・ステイツ・オブ・ジャパン（上・下）

United States of Japan

ピーター・トライアス

中原尚哉訳

第二次大戦で日独が勝利し、巨大ロボット兵器「メカ」が闊歩する日本統治下のアメリカで、帝国陸軍の石村大尉は特別高等警察の槻野とともに、アメリカが勝利をおさめた歴史改変世界を舞台とする違法ゲーム「ＵＳＡ」を追うことになるが――二十一世紀版『高い城の男』と呼び声の高い歴史改変ＳＦ。解説／大森望

ハヤカワ文庫

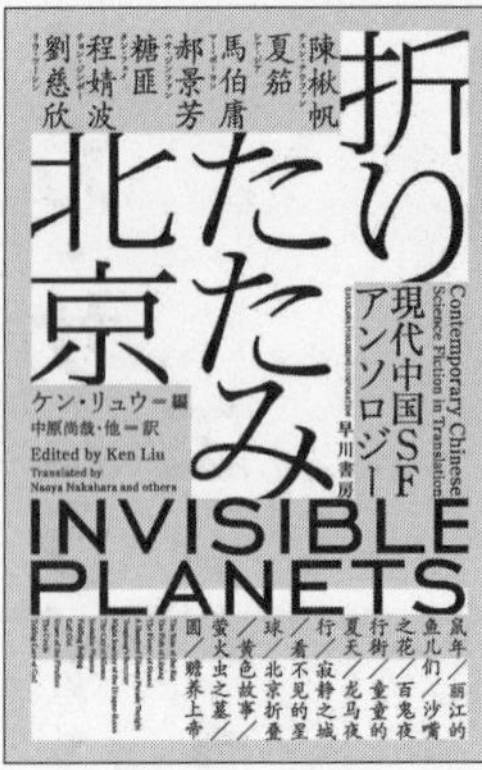

折りたたみ北京

現代中国SFアンソロジー

INVISIBLE PLANETS

ケン・リュウ編

中原尚哉・他訳

〔ヒューゴー賞／星雲賞受賞〕十万桁まで円周率を求めよと始皇帝に命じられた荊軻は三百万の軍隊を用いた人間計算機を編みだす。『三体』抜粋改作にして星雲賞受賞作「円」、三層都市を描いたヒューゴー賞受賞作「折りたたみ北京」などケン・リュウが精選した七作家十三篇を収録のアンソロジー。解説／立原透耶

ハヤカワ文庫

死者の代弁者〈新訳版〉（上・下）

Speaker for the Dead

オースン・スコット・カード

中原尚哉訳

〈ヒューゴー賞／ネビュラ賞受賞〉エンダーの異星種族バガー皆殺しから三千年後、人類はついに第二の知的異星種族と遭遇した。新たに入植したルシタニア星に棲むピギー族が高い知性を持つことが発見されたのだ。バガーのときと同じ過ちを繰り返さないため、人類は慎重にピギー族と接するが……。解説／大野万紀

ハヤカワ文庫

ビット・プレイヤー

Bit Players and Other Stories

グレッグ・イーガン

山岸 真編・訳

彼女は洞穴の中で目ざめた。外に見えるのは空、下から照りつけるのは日光。この奇妙な世界は何なのか？ 未知の世界の有り様を考察する表題作、恒星間をデータとして旅する夫婦を描いた長篇『白熱光』と同一未来史の中篇「鰐乗り」など6篇を収録。ハードSFの雄イーガンの日本オリジナル短篇集。解説／牧眞司

デューン 砂の惑星〈新訳版〉（上・中・下）

フランク・ハーバート
酒井昭伸訳
Dune

〈ヒューゴー賞／ネビュラ賞受賞〉アトレイデス公爵が惑星アラキスで仇敵の手にかかったとき、公爵の息子ポールとその母ジェシカは砂漠の民フレメンに助けを求める。砂漠の過酷な環境と香料メランジの摂取が、ポールに超常能力をもたらし、救世主の道を歩ませることに。壮大な未来叙事詩の傑作！　解説／水鏡子

ハヤカワ文庫

宇宙の戦士〔新訳版〕

Starship Troopers

ロバート・A・ハインライン

内田昌之訳

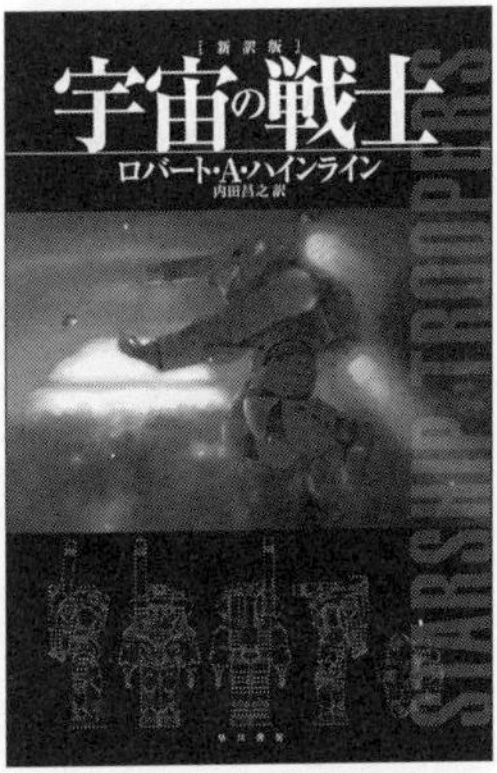

〔ヒューゴー賞受賞〕恐るべき破壊力を秘めたパワードスーツを着用し、宇宙空間から惑星へと降下、奇襲をかける機動歩兵。この宇宙最強部隊での過酷な訓練や異星人との戦いを通し、若きジョニーは第一級の兵士へと成長する……。映画・アニメに多大な影響を与えたミリタリーSFの原点、ここに。解説／加藤直之

訳者略歴　1964年生，1987年東京都立大学人文学部英米文学科卒，英米文学翻訳家　訳書『ユナイテッド・ステイツ・オブ・ジャパン』『メカ・サムライ・エンパイア』トライアス，『ネクサス』ナム，『神の水』バチガルピ（以上早川書房刊）他多数

HM=Hayakawa Mystery
SF=Science Fiction
JA=Japanese Author
NV=Novel
NF=Nonfiction
FT=Fantasy

サイバー・ショーグン・レボリューション
〔上〕

〈SF2298〉

二〇二〇年九月二十日　印刷
二〇二〇年九月二十五日　発行
（定価はカバーに表示してあります）

著者　ピーター・トライアス
訳者　中《なか》原《はら》尚《なお》哉《や》
発行者　早川浩
発行所　株式会社　早川書房
郵便番号　一〇一 - 〇〇四六
東京都千代田区神田多町二ノ二
電話　〇三 - 三二五二 - 三一一一
振替　〇〇一六〇 - 三 - 四七七九九
https://www.hayakawa-online.co.jp
乱丁・落丁本は小社制作部宛お送り下さい。
送料小社負担にてお取りかえいたします。

印刷・精文堂印刷株式会社　製本・株式会社フォーネット社
Printed and bound in Japan
ISBN978-4-15-012298-0 C0197

本書は活字が大きく読みやすい〈トールサイズ〉です。